澁澤龍彦との日々

Shibusawa Ryūko 澁澤龍子

白水社

結婚当時（昭和45年7月）

澁澤龍彦との日々

カバー・本文写真＝石川正文
装幀＝菊地信義

目次

出会いと結婚

「龍子《りゅうこ》、ホトトギスが鳴いているよ」と澁澤が、前夜からの執筆の手を休めて、ぐっすり眠っているわたしを起こすのは、きまって青葉の美しい五月中旬のころでした。「今年初めての鳴き声ね、手帳にメモしなきゃ」と夢うつつで、明け方の空を見上げます。

澁澤は生前、ウグイス、ホトトギス、トラツグミ、それにヒグラシ、ミンミンゼミ、ツクツクボウシなどの初音を聞いた日を、忘れずに書きとめていました。毎年、彼が机上で愛用していた新潮社のカレンダーの一九八七年四月六日のところに、「風呂でトラツグミ　聞く」としるしてあります。五月二日に二度と帰ることのない再入院をしたのですから、家で聞いた最後のトラツグミの声だったのかもしれません。

北鎌倉の円覚寺につづく山の中腹にあるわが家の周辺は、古都保存法のおかげで今も自然が残され、庭先を訪れる鳥や虫の鳴き声が楽しめます。今この原稿を書いている書斎のガラス戸から、東慶寺や澁澤の墓所のある浄智寺の山々が見え、四季の移り変わりが、微妙に変化してゆく木々の色にはっきり感じられます。「目には青葉山ほととぎす初鰹」を絵に描いたように、山桜が散り、新緑が陽にキラキラ映え、その色が濃くなったころホトトギスが鳴いて、「今晩のオカズは鰹のタタキにしよう！」ということになったりします。

「あっ、ヒグラシが鳴いたから梅雨が明けたね」と、澁澤の声が聞こえてくるようです。真夏には、やかましいアブラゼミや、シャーシャーシャーと高い声で鳴くクマゼミも加わって大合唱が始まり、やがて次々に脱落し、最後まで残るのはツクツクボウシ。いつのまにかギラギラした太陽も、海辺のビーチパラソルも消えて、すっと秋が忍びこむころには、弱々しく鳴いていたツクツクボウシも姿を消してしまいます。こんなふうに四季を感じながら澁澤と暮らした年月……。

わたしがはじめてこの家を訪ねたのは一九六七年のこと、大学卒業後二年ほどして新潮社に入り、当時は「藝術新潮」の編集者をしていました。鎌倉の実家から通勤していたので、原稿の依頼や受け渡しに出入りするようになったのです。初対面の印象、といってもべつに記憶にないのですが、静かでちょっとノーブルな美形ではあるけれど、わたしの好きなタイプというわけではありませんでした。わたしは澁澤のような、一見、神経質そうな文学青年は好みではなかったので、そんな気持ちが表われてしまったのか、とくに尊敬するような態度もとらずにいたところ、「きみ以外にそんな口の利き方をする人はいないよ」と言われたこともありました。これは結婚後に聞いた話ですが、わたしのことを「編集者だなんて全然思わなかったよ、ミソッカスでただのお使いの女の子が来たんだ」としか認識していなかったそうですから、おあいこです。

わたしは、今でいうスポーツライターみたいな仕事に憧れていました。当時は、女性がプロ野球のキャンプを取材するなんてことはありませんでしたが、六大学野球やプロ野球をスコア・ブックをつけながら観戦していましたし、とにかくスポーツ大好き、車で飛ばしたり、ヨットに乗ったりするのがいちばん幸せという湘南育ちでしたから、漠然とそんなことを考えていたのです。文学少女とはおよそ正反対のタイプで、澁澤の文章さえ読んだことがありませんでした。

　そのころはまだ矢川澄子さんがお家《うち》にいらして、ちょうどお食事時でご馳走になったこともありました。わたしがおしゃべりで騒々しいせいか、矢川さんはもの静かでおとなしい方という印象を受けました。

　そのころ彼の身辺にはいろいろ変化があったようですが、わたしはそれほど親しくはなかったので個人的な事情は知らないままで、結婚してから義母や義妹からそのあたりの話を聞かされたのでした。年譜を見ると、矢川さんとは一九六八年の三月に離婚しているのですが、わたしは人づてに知りました。

　その後、いつだったか澁澤と仲のよかった作家の高橋たか子さんが同席していらしたのですが、わたしがそのころ発売されたばかりのホンダ・スポーツを飛ばす快感を話したところ、二人とも「女の人でもそんなことするの？」「こりゃ、どういうのだろうね？」などとびっくりしていました。澁澤が「やっぱりそれもエクスタシーなの？」と、しきりに感心するので、「あなたの知らない世界なのよ」と答えたのを今でもよく覚えています。文学者に対してずいぶん失礼なことを言ったものですね。でも、結婚してまもなくピエール・ド・マンディアルグの『大理石』を翻訳していた彼は、文中にボウリングや車の用語が出てくるたびに「車がノックするって、どういうことなの?」などと訊《き》いたものでした。

今考えると、「藝術新潮」一九六九年六月号の特集「魔的なものの復活」の仕事が、澁澤と特別に親しくなるきっかけになったようです。この企画は彼の視点で選んだ古今東西の芸術作品をグラビアで紹介し、解説を書いてもらうという内容でしたが、写真や資料をもらいに行ったり、彼が新潮社に資料を持って来たりと行き来がたびかさなり、それ以後鎌倉のわたしの家に「遊びに来ない?」という電話が、ひんぱんにかかってくるようになりました。また今でも大の仲良しで、海外旅行などご一緒する当時出版部にいた友人が、仕事で澁澤を訪ねると「藝新に前川さんて、いるでしょ、今度一緒に遊びにいらっしゃいよ」とも言っていたらしいのです。前川はわたしの旧姓です。

その年の六月、特集号が出来上がってまもなく二人ではじめて京都に旅行し、雨の鳥居本、「平野屋」で鮎料理を食べたことを今でもはっきり思い出します。そして生田耕作さんにお目にかかり、それから稲垣足穂さんのお宅を訪ねるのに、彼は東京にいる土方巽さんを呼び出したりして、みんなで出かけました。わたしはどなたとも初対面で澁澤のガールフレンドという立場でしたから、彼がすっかり酔っぱらって「何言ってるんだ、バカ」という調子なのに、苦笑するしかありませんでした。稲垣さんから「あなた、モナリザのような人ね」と思いがけないことを言われたのです。今なら「あなた、よしなさいよ」くらいは言ったのでしょうが。あの稲垣さんが、澁澤に対してはもっぱらなだめ役だったのですから、彼の酔態ぶりをご想像ください。

その年の八月に、わたしが運転して二人で箱根に行き、何日か滞在しました。ずいぶん親しくなったそのころになると、自分はまったく運転できないのに「もたもたしないで抜け」とか言うので、箱根のカーブの多い山道で前から来たトラックと正面衝突か、とドキッとさせられたりしながらのドライブでした。彼は筑摩書房のジルベール・レリー『サド侯爵』の翻訳をし、わたしはプールで泳いだり、お昼寝をしたりしていました。

結婚のきっかけは外国旅行でした。友人がフランスに旅行するというのを聞いて、わたしも急に行きたくなり、ちょっと芸術の勉強をしてきたいので、一か月ほど休ませてほしいと会社の上司に言いました。すると、「きみには給料を払っているだけでも腹が立つんだ。こっちが月謝をもらいたいくらいだ。それなのに一か月も休むとはどういう了見だ。行きたかったら会社を辞めてから行きなさい」と叱《しか》られてしまいました。その話を澁澤に伝えたら、「ああ、それならぼくが世界中どんなところへでもきみを連れてくから、すぐ会社を辞めちゃえ」。これがプロポーズの言葉だったのかもしれません。当時彼は書庫を建て増ししようとしていたので、ついでにわたしの部屋も作ろうと言いだして、それで来年はヨーロッパ旅行をしようということになったのです。

やはり「藝術新潮」にいたわたしの親友が熱烈な澁澤ファンで、彼の本はすべて読んでおり、会議ではよく彼の名を出すほどでした。わたしが「澁澤龍彦と結婚しようか、どうしようか」と言ったとき、彼女は「ゼッタイしなさい。わたしは澁澤龍彦の世界は本でいいけれど、あなたはその世界を生きなさいよ。それにあなたが結婚すれば、友だちとしていつも澁澤家に出入りして、澁澤さんと話ができるわ。最高よ！」と背中を押され、彼のもとに送り込まれたわけです。

結婚前のことですが、忘れもしないこんなことがありました。ある日、銀座の画廊で展覧会を見る約束をしていましたが、澁澤はいくら待っても現われません。怒り心頭に発したわたしは、帰りに澁澤の家に寄りましたところ、本人は「だって眠かったから寝ていたの」とケロッとしています。

「エッ！　あなたの眠いのと龍子とどっちが大事なのよ」

「だって、この宇宙はぼくを中心に回っているから、これからもずっとそうだよ。そんなことで怒るのはおかしいよ」と、しゃあしゃあとしているではありませんか。

「もう許せない！」と、それまでのわたしでしたら、これで一巻の終わりになるはずが、不思議にも怒りがすうっと消えて、こういう人もいたのだと感心して、にこにこ笑っていたのです。

こうして一九六九年の春ごろから半年ばかりのあいだに、わたしたちは急速に親しくなり、それまで花の独身生活を楽しみ、結婚など考えもしなかったわたしが、まるで引き寄せられるように結婚することになったのです。月並みな言葉ですが、これが縁というものなのでしょう。「結婚しないか」という正式な言葉は、その年の十月に聞きました。彼はそのとき、自分は結婚しても浮気したりしてきたから、そんなこともあるかもしれないと言ったので、「わたしは絶対許さないわ」と強く反発しました。けれど、結婚してからわたしを裏切ったり、約束を守らなかったことは一度もありませんでした。おかげで彼との生活のなかで、嫉妬心とか猜疑《さいぎ》心という言葉はわたしの辞書からなくなりました。

澁澤龍彥と結婚したのは一九六九年十一月二十四日、彼が四十一歳、わたしが二十九歳のときでした。式などはもちろん挙げず、ただ双方の家族が集まって鎌倉の「華正樓」で食事をしただけでした。わたし自身、花嫁衣裳や結婚式というものへの憧れなど少しもありませんでしたから、それはごく自然の成り行きでした。

子どもを持たないことも最初からの約束でした。二人とも子どもが嫌いというわけではなく、もしいたとしたら、きっとかわいがっていただろうと思います。でも、彼よりも子ども、わたしよりも子どものほうが大切という縦の関係が入りこむと、二人の愛情が希薄になる、それが嫌だったのです。お互いがもっとも関心をもつ存在、常にいちばん愛している状態でいたいと、彼は言っておりました。それはまさにわたし自身の気持ちでもあったのですが、ことによると、そのときすでに彼の影響を受けていたのかもしれません。もしほかの人と結婚していたら、子どもをコロコロ産んで教育ママになっていたりして……。ともかくそうした了解がわたしたちの結婚の基になり、それは最後まで崩れることはありませんでした。

よく喧嘩《けんか》をしました。

「あなたネクラでしょ」とわたしが言うと、彼は怒って「バカ、おれほど明るく竹を割ったようなさっぱりした人間はいない」と言うのです。事実そのとおりでした。ときにはお客さまを前にして、まったく他愛のないことで喧嘩をすることもありました。すきやきはお砂糖が先かお醬油が先かとか、デパートとスーパーはどう違うか（このときは、当時河出書房の編集者だった平出隆さんが目撃者で、「二人とも激昂して一時間もやってるんですよ」と辟易《へきえき》なさったことを『澁澤龍彥全集』月報のインタビューで話していらっしゃいます）などということについて延々とやりあうのですが、それが尾を引いたり相手を傷つけるようなものではなかったのも、相手への深い思いと理解があったからでしょう。結婚するとき彼がわたしに頼んだのはただのひとこと、「いつまでもオバサンにならないでね」

わたしは知らないうちに結婚に引き寄せられてしまったのですが、あの人も四十歳を過ぎて、落ち着いて仕事をするための暮らしをしようという気持ちが強くなっていたのでしょう。わたしたちは表面的にはまったく違うタイプだったので、もっと若いときに出会っていたら、お互いとくに惹《ひ》かれることもなく終わっていたかもしれません。互いの境遇と出会いのタイミングを考えますと、そこには縁という不思議なものが働いていたという気がしてなりません。

龍雄（本名）と龍子。二人とも名前に龍の字がついているのは、辰年生まれだからです。一回りちがいの辰年です。埴谷雄高さんからいただいた葉書に、「ふたり龍がそろうと（中日）ドラゴンズですね」とありました。

一度決めたことはどんなことがあっても貫きとおす人でしたし、病気になったことを嘆いたり、愚痴をこぼしたりすることも一切ありませんでした。それが彼のダンディズムでもあったのでしょうが、けなげな男の子を見るようで、かえって痛ましくなることがありました。

いっしょに暮らしたのは十八年ですが、彼が亡くなってからさらに十八年が過ぎました。その思い出はひとつ残らず、ちょうど澁澤の好きださまざまな石や貝殻や木の実のコレクションのように、わたしの心のなかに今もたいせつに収められています。

執筆の日々

北鎌倉のわが家

わが家のある一角は円覚寺の裏山にあたります。北鎌倉の駅から明月院に向かってしばらく歩き、生垣に沿う小道をたどって左に折れ、急な坂道を登りながら右手を見上げると、張り出した岩の上に、白い壁とペパーミントグリーンの南京下見の建物が建っています。玄関に通じる階段に近づくころには、きっと犬が吠《ほ》え始めるでしょう。耳ざとく足音を聞きつけたわが家の番犬、柴犬のぼたんです。

白壁がアーチ型に刳《く》りぬかれた入口の奥に、鉄製の飾りの付いた木の扉が見えます。ドアを開け、はじめて応接間に足を踏み入れた方はどなたも、まるで小ぢんまりした、ふしぎな美術館か博物館にでも入りこんだ印象を受けるようです。そこには彼の大好きだったスワーンベリをはじめ、金子國義、加山又造、池田満寿夫、加納光於、野中ユリ、ベルメールやフィニーなどの作品、サド侯爵の自筆の手紙、貝殻や化石や頭蓋骨のレプリカを納めた飾り棚、それに天井には四谷シモン作の飛翔する天使の人形などが配置されて、さながら澁澤龍彦の宇宙が目に見える形で存在しているのですから。

この家は一九六六年に、友人であった建築家、有田和夫さんの設計で造られたのですが、自宅の建築にあたって澁澤は次のような取り決めをしるしています。「当世流行にのらざること、材料、仕上、色彩などできるだけ制限し華美ならざること。人間空間、クラシック家具および調度に耐えられるインテリヤ。ただし食事や衛生のための諸設備は最新の便利さを存すること。総じて古いものへの郷愁におちいらず、その良さを再発見し、さらに新しいものを正当に評価する態度」

澁澤の美意識と現実感覚がうかがわれ、その文学観にも通じるところがあるようです。実際、彼の作家活動はこの家と密接に結びついていたのです。

本を読むのは、応接間のソファに寄りかかったり、ときには寝そべったりということがありましたが、原稿はかならず書斎の机で書きました。必要な資料がそろっているからでもあったのでしょうが、長いあいだに集めた愛着のある品々に囲まれたその場所に身を置くと、落ち着いて仕事ができたのだろうと思います。机上には、地球儀、筆立て、眼鏡、鉛筆削り、逆さまつ毛の癖のあった彼が、よくあわててのぞき込んでいた小さな鏡、次作のための資料本『アブラカダブラ』、それに左側には辞典類が何冊か置かれていています。

いちばん古い辞書は、白水社の『模範仏和大辞典』。扉の見開きに「1948. 4. 11 Tasso, S.」とサインがあります。これは本名の龍雄を、十六世紀イタリアの詩人、トルクアート・タッソの名になぞらえたサインで、一時期、フランスの書店に本を注文するときにも、このタッソ・シブサワの名を使っていたようです。彼が生前大切にしていた、ジャン・コクトーやロベール・デスノスの未亡人ユキからの手紙も、宛名は Tasso Shibusawa となっています。この辞書は四十年間も引き続けたわけで、革装の表紙もボロボロ、手にするとパラパラサラサラと剝落した革が落ちてきます。指を触れたところは手垢で黒く、油で煮しめたようになっています。新しい辞書を買ったので一度彼が捨てたのを、彼の分身が捨てられたような気がして、わたしがまた拾ってずっと自分の部屋においておりました。辞書もここまで使われたら幸せでしょう。机上にはまた、クラウン仏和辞典、スタンダード仏和辞典、デラックス版も置かれています。振り向けばすぐ手の届く本棚に、ロワイヤル仏和中辞典、英和、伊和、独和、蘭和辞典など、机は辞典類で囲まれているようです。関係のない者にとっては、辞典、辞典、辞典という字に眩暈《めまい》がするほどです。

澁澤は翻訳することがそれほど好きでした。一九五四年刊行のジャン・コクトー『大股びらき』から八二年のユルスナール『三島あるいは空虚のヴィジョン』まで、約三十年間に翻訳した本は、いったい何冊になるのかわかりませんが、いつも楽しんですることができました。

今、机の前の本棚にある、茶色くなってバラバラに解体されてしまいそうなユイスマンの『さかしま』の原書を手に取りますと、赤線やマルや三角、バツ印や星印などがあちこちについていますから、これは翻訳にそうとう苦労したのでしょう。また『O嬢の物語』には、翻訳の下書きや、注意すべき点、言葉の意味を書いた原稿用紙がはさまっていたり、背後にはサドの原書がずらっと並んでいて、彼の呼吸を感じるような気がします。

本名の澁澤龍雄から澁澤龍彦となってからの四十年近くを、スランプを一度も経験することなくやってこられたのは、好きな翻訳で気分転換をはかれたこともあると思います。

澁澤は文章のスタイルを大事にする人でしたから、翻訳もいかに美しい日本語にするか、自分の文章にするかに心をくだきました。ヴィリエ・ド・リラダンの名訳者であった齋藤磯雄さんが好きで尊敬しておりましたのも、その気持ちの表われだったのでしょう。一九七九年に『ビブリオテカ澁澤龍彦』（白水社）が刊行されたときにも、石川淳さんと齋藤磯雄さんに推薦文をお願いしたほどでした。

書斎より一段高くなった右手の応接間につづく部分と、左手の庭に出られるガラス戸の出口を除いて、書斎の四方の壁は造りつけの本棚になっており、そこにはおびただしい書物がきちんと納められています。読みかけの本を放りっぱなしにするようなことを、けっしてしない人でした。

机の後ろの本棚には、原書のサド全集やエロティシズム関係の書物が、正面にはコクトーやジャリなどの原書が表紙を見せています。机に座ると、正面の本棚の前に、四谷シモンの等身大の人形が執筆中の彼をじっと見つめていた眼差《まなざ》しのまま、今なお静かに佇んでいます。

執筆は遅いほうでした。平均すれば一日に一枚か二枚というほどでしたが、締切りが迫ってどうにもならないときには、三十時間でも四十時間でも休まずに書きつづけることがありました。

「頭が回らないなあ」などと言いながら、執筆に没頭するのでした。その後はさすがにぐったりして、丸一日ものも食べずに寝てしまいます。「餓死しそうになって寝ているのも気持ちがいいものだ」などと言うので、つい笑ってしまいます。

ときには寝ていて、ふとおなかがすいたような気がするらしく、「おいおい」とわたしを呼んで、「おなかすいていると思う、ぼく?」。時計を見るともう十二時間ぐらい寝ているわけで、「あ、もうすいてるわよ」と。それから慌ててごはんを食べることもありました。

一日二十四時間という時間の観念がまるでないのです。ふだんから朝は何時に起きて夜は何時に寝るという習慣のない人でしたから、そんなこともできたのかもしれません。

「澁澤龍彥」のネームの入った横長のマス目の四百字詰原稿用紙に、まず鉛筆で書きます。手でぐるぐる回すタイプの、何年も使って手垢のついた鉛筆削りが、削りかすが入ったまま、今も机の上に置かれています。それにパーカーの万年筆で筆を入れるのです。

こうして推敲を終えた原稿を清書するのは、わたしの役目でした。彼が悪筆だからというわけではありません。わたしの字よりもずっと読みやすい、まるっこいいい字を書きました。推敲の跡をとどめていない完璧な原稿を出版社の人に渡したいということだったのです。彼が向こうの書斎で原稿を書いていて、「できたよ」と言うと、わたしがとりに行ってこちらで清書をするのは、ちょっと楽しい仕事でした。わたしの清書した原稿に目を通し、最後にあの人がタイトルと名前を入れ、完全原稿が出来上がりです。

彼は「嘘の真実——私の文章修行」で次のように言っています。

考えてみると、私は高校から大学生時代にかけて最も熱心に読んだコクトーから、文章修行の上で、じつに多くのことを教わっているような気がする。十代の終りから二十代の初めの、いちばん影響を受けやすい、柔軟な精神の時期でもあったからであろう。

たとえば「軽さのエレガンス」ということがある。文章は、あまり仰々しく重々しくなってはいけないのである。伊達の薄着のように、着ぶくれないで、しゃんとしていなければならない。軽さもエレガンスも、怠惰や無気力を拒否する精神の特質であろう。

またスピードということがある。文章は圧縮すればするほど密度が濃くなり、したがって読む側から見れば、スピード感が増したように感じられる。スピード感のない文章は、間が抜けていて退屈である。

スタイルとは、単純なことを複雑に言う方法ではなく、複雑なことを単純に言う方法である。むずかしいことをやさしく言う方法である。世間には、これを逆に考えているひとがずいぶん多いようだが、それは間違っている。(『太陽王と月の王』大和書房)

パイプ

夢の中の出来事とも感じられる彼の思い出の中で、昨日のことのように鮮明によみがえってくるのは、紫煙の揺れるパイプを握り、はるか彼方を見ているように目を細め、応接間のカウチチェアに深く座って、執筆の疲れを癒《いや》している姿です。

パイプと黒いギボシ型の灰皿、パイプに詰めた刻み煙草を上から軽く押しつけるためのコンパニヨンは、まさに澁澤の休息のための三種の神器だったのでしょう。

彼は、紙巻き煙草は吸いませんでしたから、葉巻と、パイプ煙草の強い匂いと煙が、いつも部屋に満ちておりました。わたし自身は煙草を吸いませんが、人を酔わせるようなその匂いが好きでしたし、わたしをくつろがせ、安心させてくれるのでした。

黒いサングラスとパイプが澁澤のイメージになっていたようですが（そういえば結婚したてのころでしょうか、新宿のバーに、このスタイルでサド論をぶつ澁澤龍彦の贋者が出没したことがありましたっけ）、外出時には、かならず一本左手に握って、肩を揺らしながら、えばったように歩く姿を忘れることができません。そうしていないと、どうも安心できないようでしたが、そのくせなくすこともしょっちゅうで、バーのカウンターやホテルの洗面所に置き忘れたりします。便器に座ってパイプを吹かし、さて用が済んで手を洗うと爽快な気分になり、パイプのことはすっかり忘れて出てきてしまうのでしょう。外国旅行中とか愛用のものに限ってよくそういうことが起きますので、悔しいような残念な思いをしておりました。

――あのパイプのボウルがほんのりと煖まり、私がそれを掌のなかに感じている時ほど、私とパイプとの親密な一体感の感じられる時はない……。

――掌のなかに握りしめた暖かいパイプは、私たちに限りない安らぎと慰めをあたえてくれるのだ……。

――私には、ダンディーな男がアクセサリーとして手のなかに握っているパイプのボウルが、どうしても燃える小さな子宮のシンボルのように思われて仕方がないのである……。（「パイプ礼讃」『太陽王と月の王』大和書房）

と自身も書いておりますように、パイプには特別な思い入れがあるようでした。材質はすべてブライヤー（地中海沿岸地方の荒地に生えている植物エリカ・アルボレア、通称ヒースの根）製で、白いポッチのあるダンヒルを愛用しておりました。銀座に出ますと、かならず「菊水」に寄ってパイプをあれこれ物色し、パイプ煙草や葉巻、携帯用の革の煙草入れなどを買うのを楽しみにしておりました。海外旅行でも、スイスやオランダなど、ヨーロッパの空港の免税ショップで、日本ではお目にかかれないような珍しい葉巻を買い込むのが旅の目的の一つになっていたほどです。特に気に入った品が手に入ったときはゴキゲンで、もうスキップをして歩かんばかり。わたしもうれしくなってしまいます。

火をつけるときはいつもマッチ。ライターは使ったことがありませんでした。手軽で、金属的なライターは、ゆったりとしたパイプ向きではないと思っていたようですし、何よりも、機械的なものを嫌い、クラシックなものの好きだった彼の美学に合わなかったのでしょう。

パイプの掃除には、一般にモールが使われているようですが、彼はコヨリを愛用しておりました。コヨリを作るのはわたしの役目。昔、澁澤家の帳簿として使われた、ところどころ虫食い孔《あな》のある黄色くなった古い和紙を四センチほどの幅に細長く切って、親指と人差指で縒《よ》って作るのです。これがけっこう難しいのですが、幸いなことに、「藝術新潮」の編集部にいたときの経験が生きました。当時は原稿に千枚通しで穴をあけ、コヨリで綴じて印刷に回していましたが、コヨリ作りはもっぱら女性の仕事でした。入社するまでそんなものを手にしたこともなく、おまけに不器用なわたしのこと、文句を言われながらやっていたのですが、とんだところで役に立ったと、よく彼と笑ったものでした。

今、書斎の本棚に置かれた細長いビンの中には、パイプの掃除に使って先がヤニで茶色になったコヨリが、一本だけポツンと入っています。昔はいつも十数本、ピンと立っていたものですが。

彼は子どものころから、大きなドングリやムクロジの実のように、堅くて、つやつやと光沢のある、掌に握れるような種類のオブジェが大好きだったと言っておりました。木目が美しく、堅く、光沢のあるブライヤーのパイプは、まさに子どもの時分からの憧れのオブジェだったのかもしれません。

しかし皮肉なことに、このように片時も離さず愛したパイプが、彼の命を奪うことになったのです。四十年近くも彼の精神の疲れを癒し、強烈な香気と手触りのよいマティエールで澁澤をとりこにしつづけたパイプ。今も彼の嚙んだ歯の跡をかすかに残したまま、静かに愛用の机の上に身を休めています。

わが家のオブジェ

むろんわが家にも多少の美術品や稀覯《きこう》本がありますが、飾り棚に並んでいるのは、彼が長いあいだに拾い集めた、ほとんど価値のないような物です。バビロンの遺跡の石片、パドヴァの石屋で見つけたトスカーナ石、パリで拾ったマロニエの実、クレタ島のクノッソス宮殿跡で拾った巨大な松ぼっくり、会津若松のお寺で拾ったムクロジの実、沖縄の竹富島で拾った星砂などが、旅の思い出とともに、応接間の飾り棚に今も並んでいます。また、壊れた時計や動物の骨、家に入ってきたタマムシや、生きたウニから彼が上手に取り出したポチポチ模様の美しいウニの殻などもあります。値のある骨董品などはないのですが、どんなガラクタでも彼の目を通すと、不思議な輝きを帯びてくるのです。

澁澤はコレクターではありませんでしたが、彼の好きなものは、絵や彫刻、人形や本、また貝殻や石や木の実のようなガラクタに至るまでどれも、彼のもとに魔法のように集まってくるのでした。実際、美しいものを見る彼の目は純粋で、きれいな貝殻と何カラットもあるダイアモンドを並べたとしても、迷わず貝殻のほうを取ってしまうような人でした。

鎌倉の海岸を散歩中に、まるい孔が無数にあいている石を拾ったことがあります。拾いたてのころ、やわらかい石に貝が棲《す》みついてできた貫通孔を指でおさえ、石笛と称してヒューヒュー音を出すことに熱中しておりました。そういう単純な楽器にたいして興味というか好奇心をいだき、いつか国立劇場に石笛の演奏を聴きに行ったことがありました。鬚《ひげ》をはやした中年の男性が椅子に座って、両手で支えた石を吹き鳴らすだけのことで、ピーという音が高くなったり低くなったりして、しかもいつまでも延々とつづくので、わたしはひたすら睡魔と闘っていたのですが、彼はとても満足げに目をつぶって聴いておりました。

中近東を旅したおり、バグダッドから百キロほど離れたバビロンの廃墟で拾った、青く色付けされた煉瓦の破片や、さらさらと崩れつづけている砂の塊のような石もあります。

外国旅行の楽しみの一つに、石屋をのぞくことがありました。ローマやパリのような大都会はもちろん、地方の小さな町でもよく訪れました。日本ではあまり見かけませんが、アンモナイトなどの化石といっしょに不思議な形や色、模様の石を売っている店があります。

ヴェネツィア近郊のパドヴァで石屋さんを訪ねたときのことは、今でもはっきり覚えています。一九八一年夏、人通りのとだえた暑い昼下がりに汗をふきふき歩いていると、大きなショーウィンドーに美しい石や化石をたくさん並べた店があり、わたしたちは吸い込まれるように入りました。中はひんやりと時間が止まった博物館の陳列室のようで、大学教授のような風格のある老店主がいて。彼は、今までの暑さを忘れたように、じつに楽しそうに一点一点丹念に眺めていました。そして、すべすべした表面に、茶褐色の濃淡のある小さな石を、旅の思い出に求めたのでした。正式な名前はわかりませんが、「トスカーナ石」と澁澤は呼んでおりました。イタリア中世の廃墟のような模様があり、見つめていると、幻想の都市に引き込まれてゆくようです。トスカーナ地方、とくにフィレンツェ付近から産出する大理石の一種で、昔から愛好家に珍重され、恋人同士のしゃれた贈物としても、大いに利用されたらしいと、彼は言っておりました。ティファニーやカルティエのアクセサリーだけがプレゼントと思い込んでいる、今の日本の恋人同士にくらべて、なんとおしゃれではありませんか。そのときのことを、澁澤はこんなふうにしるしています。

石といっても宝石細工なんかではなく、むしろ鉱物といったほうがよいような、いろんな種類の原石や結晶体である。化石もある。科学博物館の陳列室みたいで、私はこういう雰囲気が大好きだから、眺めているだけでも楽しいのである。

店の主人はプロフェッサーみたいな風格のある老人で、私が入ってきたのを見ると、顔を上げて軽く会釈して、それからふたたびうつむいて新聞だか雑誌だかを読み出した。店内はしずかである。すでにヴァカンスで、うだるように暑い夏の午後のことだから、表の人通りも途絶えがちで、こんな店に飛びこんでくるような酔狂な観光客はめったにいないのである。（「パドヴァの石屋」『マルジナリア』福武書店）

わたしたちはいつもいっしょに旅していたので、彼からおみやげをもらった記憶はあまりないのですが、唯一、雑誌「太陽」の『千夜一夜物語』の取材で、当時編集者だった嵐山光三郎さんとカメラマンの石元泰博さんと彼だけが中近東に行ったおりには、「バグダッドで見たなかでいちばん大きかったよ」という、にわとりの卵がつながっているような琥珀の首飾りとラピス・ラズリーをもらいました。これなど、わたしにというより、自分の好きなものを買ったということでしょう。

彼の鉱物趣味は皆さまよくご存じで、小さな石のオブジェや三葉虫の化石とか紫水晶の大きな塊などよくプレゼントされたのですが、その一つに、内部に水の入っている白い水晶のような石がありました。透かして見ると、たぷたぷ水の動くのが見え、耳にあてると、その音も聞こえてきたようでしたのに、澁澤が亡くなって何年かたつうちに、水はまったくかれてしまいました。何千年ものあいだ閉じ込められていた水だったのでしょうに、不思議なことです。

これもいただいたものですが、応接間の丸いテーブルの真中に、つやつやした真っ黒な木製の球体が置かれています。たいていのお客さまは何だろうと不思議そうに首を傾けますが、じつは花火の玉芯《たましん》なのです。花火を作るとき、この木の球体の周りに紙を張り、型をとって、その中に火薬を詰めます。ソフトボールぐらいの大きさですが、ボウリングのボールほどもあるものは、指を入れられるように穴があけてあるそうです。これは澁澤の好みをよく知っている編集者のKさんがくださったものです。すっぽんの甲羅の骨格だとか、裏方の持っていた六尺棒だとか、ウニの化石とか、一見無価値のような面白いものを見つけては届けてくださったのです。澁澤は、そんな子どもの玩具のようなものが大好きでした。

松ぼっくりは、一九八一年にギリシアのクレタ島に遊んだときに拾ってきたものです。真夏の炎天下、クノッソス宮殿跡に入ると、丘の上に松林が涼しげな影をつくり、どの枝にもおびただしい松ぼっくりがついていました。蟬の声がしきりにするのですが、なぜか姿は見えないのです。「ワアァ！ すごく大きな松ぼっくり」と言うが早いか、澁澤はもう何個も拾ってバッグに詰め込み、イタリアやフランスをともに旅して、わが家にたどり着いたのでした。

ムクロジの実は二十数年前、五月の連休が終わったころ、平泉の中尊寺を訪ねた帰途に、会津若松に立ち寄ったときに拾ったものでした。観光名所ばかりではつまらない、どこか名もないお寺にでもと思って寄ったのが、朱塗りの唐風の山門の立つ善竜寺でした。心地よい五月の陽光を浴びて、誰もいない境内をあてもなくぶらぶら歩いていると、大きな木の下に、皺のよった黄褐色の球形の実がバラバラと落ちています。「何、この実」と拾って割ってみると、中から真っ黒な、おそろしく堅い種子が出てきました。「これ、ムクロジだ！」と、澁澤はもう興奮して、「羽子板の羽子のお尻についている黒い球だよ。話には聞いていたけど、はじめて見たよ」ともう夢中、草むらでムクロジの実を拾い集めるその姿は、いつもながら急に子どものように可愛《かわい》らしく見えてきて、わたしも嬉しくなって、思わずニコニコしてしまうのでした。

それから私は夢中になってムクロジの実を拾いあつめた。私のこういう振舞いは毎度のことで、妻は笑いながら、だまって見ていた。両手で持ちきれなくなったので、ハンカチで包んだ。（「ムクロジの実」『太陽王と月の王』大和書房）

数年前の年の暮れ、会津若松郊外の東山温泉に行った帰り、懐かしく思って少し会津若松の街を歩いてみました。昔、二人で歩いたとき、山菜のおいしい、爽やかな風と五月の陽光を浴びてあんなにきらきらした街だったのに、十数年ぶりに訪れた十二月の会津は、風の冷たい、灰色で埃っぽい、殺風景な街でした。

「これは本物ですか?」。わが家の応接間の飾り棚に安置してある髑髏《どくろ》に目をとめて、たいていのお客さまはこう尋ねます。次に、「髑髏なんか飾って、気味悪くありませんか。夜なんか怖くないんですか」

「いえべつに。生きているわけじゃないし」と、気味悪がるお客さまがかえっておかしくて、ケラケラ笑いながら答えると、どなたもまるで妖怪を見るような目でわたしを見ます。そういえば、わが家の裏はお墓ですし……。

じつは、本物そっくりに作られた模型なのです。模型といいましても、素人目にはまったく見分けがつきません。澁澤が申しますには、ヨーロッパ中世の学者は死と馴れ親しむために、好んで頭蓋骨を身近に置き、じっと眺めては、メメント・モリ(死を思え)とつぶやいていたらしいのです。

澁澤もまた、死を見つめたいと考えるようになったのかもしれませんが、そんな哲学的なことより、やはり一つのオブジェとして飾っておきたかったのでしょう。

一七七五年ごろ、マルセイユの踊り子であったデュ・ブランという娘が、一時、情婦としてラコストの城に住んでいたことがあり、彼女がマルセイユから持ってきた人間の骸骨を、サドは喜んで書斎に飾っておいたらしいのである。デュ・ブランがいかにして人間の骸骨を手に入れたか、どうしてこれをサドのために持ってくる気になったのか、その辺は謎というしかない。……

ちなみにいえば、私もまた、一個の骸骨を客間の飾り棚に飾って、朝な夕なにこれを眺めるようになってから、すでに数年を過している。（『城　カステロフィリア』白水社）

オブジェについて語るとき、人形を忘れるわけにはいきません。澁澤は、四谷シモン、ハンス・ベルメールについてなど、これまで書いた人形論を「少女コレクション序説」（中公文庫）としてまとめ、表紙と挿絵には、今も書斎に佇んでいるシモンの作品を使いました。

それらの文章を読んで、澁澤は人形を偏愛する人ではないかしら、と思われる方もいらっしゃるようですが、でも、そんなところはまったくありませんでした。もちろん人形は好きでしたが、蒐集したり、部屋中に飾ったり、触っては愛玩したりと、のめりこんでしまうタイプではなく、芸術作品として、また少女を具現化した観念としての人形を愛し、それを通して思いめぐらしたいろんなことを筆にしたのではないでしょうか？　彼にとって人形はオブジェであると同時に、思索の対象でもあったのだと思います。シモンの人形を身近に置き、そこから醸し出される雰囲気に包まれて机に向かうのが心地よかったようです。

普通の人形劇よりも文楽が好きで、世界にもあれだけ優れた人形芝居はないと高く評価しておりました。チェコで人形劇を見たことがありましたが、それほど興味はひかれなかったようです。海外旅行ではとくに人形を見てまわることもなく、むしろ怪物や小人の彫像のある庭園を好んで訪れました。よく本に書いた自動人形の時計も、たまたまベルンで目にしたくらいでした。

人形愛好家はマニアックなところがあり、人形の世界はいろいろな意味で怖いものです。わたしは御所人形のコレクションをもつ友人が展覧会をするとき、ときおり手伝うことがあるのですが、いっしょに作業をしていた友達が骨折したり、金縛りにあったりしたので、展示のときにお祓《はら》いをするようになりました。

澁澤は怪奇や幻想について書きましたが、こういった心霊現象とか幽霊をはたして信じていたかどうか……よくわかりませんが、具体的に形があるものとの観念的なつながりの中で、夢想を遊ばせていたのだと思います。ですから抽象画はあまり好みませんでした。

写真だと、まるでジャングルをのっしのっしと歩く巨象かと一瞬思ってしまうような石像の象が、わが家の庭のぼたん桜の木の下にあります。背中がまるくあいていて、植木鉢を背負うようになっておりますので、以前はベゴニア、アンセリウムなど、西洋花の鉢を入れていました。

イタリア・ボマルツォの怪物庭園が大好きだった澁澤は、庭に動物や木の実、人形などの石像を置きたいと言っておりましたが、狭い庭ですからあれこれはとても無理、せめて一頭の象でボマルツォを思うしかありません。

象は彼のエッセイにいちばん多く登場する動物です。『私のプリニウス』『幻想博物誌』に出てきますし、京都の養源院に俵屋宗達の「白象図杉戸」を何度か見に行ったこともあります。また国立劇場で観た歌舞伎「象引き」がとても気に入って、松緑がおかしな掛け声とともに象を引っぱる所作を、その後しばらく家で真似ておりました。そういうことはとても上手で、土方巽さんの暗黒舞踏の真似など、公演を観てくるとかならずやって見せ、「ホラ、俺のほうがウマイだろ」と得意でした。

もう一つ、庭の芝生の真中にぜひ置きたいと言っておりましたのが、石造の日時計でした。暇があるとデパートや家具屋を見てまわったのですが、思ったようなものがなくて、とうとう実現しませんでした。日時計のまわりには、陽光を浴びてエニシダやタンポポなどの花が咲き匂い、きらりと光る蜥蜴《とかげ》に驚いたりする、そんな庭の風景を想像したものでした。

宗達の犬と兎のウチャ

彼は動物を飼うことを好みませんでしたが、日本犬の理想的イメージは宗達の「狗《く》子図《しず》」の黒犬で、「あんなかわいらしい犬ならば、そばに置いてもいいね」と、よく話しあったものでした。「このごろは西洋犬ばかり飼って、素朴でかわいらしい日本犬を見向きもしないのはなぜだろう」と憤慨することしきりでした。

東北を旅していると、なぜかすべての犬が血統正しい古来の犬の姿をしていて、足の太い、ずんぐりむっくりした丸っこい体でよちよち歩き、つぶらな瞳できょとんとこちらを見たりすると、わたしたちは「あっ、宗達の犬だ」と、思わず声をかけあってしまいました。わたしも、立ち耳、巻き尾の犬が好きで、十年ほど前に、まさに宗達の犬のような柴犬の仔犬をもらいましたが、私が龍子ですので、緋牡丹お竜にちなんで、「ぼたん」と名づけた彼女は、今ではかわいく、りりしく、たのもしい、立派なわたしのパートナーになっております。

澁澤は植物や石を愛した明恵《みょうえ》上人が大好きで、栂尾《とがのお》高山寺はもちろんのこと、紀勢本線の湯浅の駅で降りて、明恵上人の遺跡のある施無畏《せむい》寺の後ろの山に登ったこともありました。そんな明恵が愛してそばに置いたという、あのかわいらしい黒い木彫りの仔犬を彼にプレゼントしたら、どんなに喜んだことでしょう。

わが家には石造の象ばかりでなく、ほんものの生きた兎もおりました。ある日、玄関のチャイムが鳴り、「宅急便です」という声に扉をあけると、ルビーのような赤い眼をした掌にのるくらいの白い子兎が、箱に入れられ、置き去りにされていました。生き物などに興味もなく、飼ったこともなかった澁澤でしたので、誰かにもらってもらおうと必死になったのですが、安心しきって腹を出して寝ている姿や、チンチンして食べ物をねだる様子など、もうかわいくて手放せなくなり、以後、部屋で放し飼いにすることになりました。結局、十年以上、澁澤が亡くなってからも六年ほど生きて、わたしを慰めてくれたのです。

「ウチャ」と呼んでいました。大好物はパンとクレッソン。それにワインを少々嗜《たしな》みます。彼がごはんを食べていると、テーブルの下に入ってきて、スリッパの下に頭をぐっと突っ込んでくるのです。なでろ、と言わんばかりに。澁澤が食べながらスリッパで頭をなでてやると、ほんとうに気持ちよさそうにテレンとのびてしまいます。足でなでるのに疲れ、スリッパをのせたままにしておくのですが、しばらくウチャはまだなでられているのだと思って、長々とのびたままでいたものです。あれはおかしかった。

はじめは雌か雄かわからずに、ひっくり返していろいろ調べたりしていたのですが、あるとき、かすかに生理のしるしが見えたのです。「これは女のコだ。大変だ、絶対外に出せない」と、家の中だけでかわいがっていました。近所に兎を放し飼いにしているところがあり、一度外に出したところ、ウチャが襲われたことがありました。それ以来、けっして外出させず、わが家の箱入り娘となりました。

お客さまは、ちょこんと顔を出すウチャを見るとかならず、「兎は水を飲むと死ぬそうですね」とおっしゃいますが、そんなことはありません。澁澤がよく「ウチャの一気飲み」と言っておりましたが、小皿の水をさくら貝のような小さなかわいい舌でペチャペチャペチャと一気に飲んでしまいます。自分のトイレにちゃんと入って、大も小も上手に。その気持ちよさそうな顔は人間と同じでした。

本をかじるのが大好きで、愛読書はボードレール。なにしろ阿部良雄さん訳のボードレールで育ったのです。「おまえもやっぱりボードレールか」と、澁澤も満足そうでした。主人に似て、辞典類も好きでした。紙質や味わい、かみぐあいなど、好みがあったようです。

ウチャは穴兎だったらしく、穴を掘ることも好きで、ソファにも穴をあけ、中の詰め物を引っぱり出しては、自分がその中にちょこんと入ってしまいます。兎の爪には血管が通っていると聞いたので、切らずにそのままにしておくと、三センチぐらいになってポロッと取れました。その爪は今でも小さなガラス瓶に入れてあります。ソウル・オリンピックのころは、「ウチャはジョイナーよ」と言っておりました。女子百メートル競走の優勝者で、爪を長くしてマニキュアをした選手がいましたでしょう。

子どものころは元気がいいですから、得意になってジャンプし回転してみせました。澁澤はお客さまとお酒を飲みはじめると、しょっちゅうジャンプさせては喜んでいました。平出隆さんがその様子を「兎島」の中でくわしく書かれています。

食べ物にもけっこう好みがあって、ラビット・フードのほかに、大の好物はクレッソン。それも紀ノ国屋の値の張るクレッソンでした。パンも好きでした。一度、澁澤がワインを飲ませたことがあり、ペロペロ飲むのですが、そのうちに酔っぱらってきたらしく、千鳥足ならぬカクンカクンという妙な歩き方をするので、「ウチャが酔っぱらったぞ」と、彼は大喜びでした。ソーメンを食べるのも特技のひとつで、箸でつまんでやると、ツルツルツルッとそれは上手に食べました。

最初は「かわいいうちに誰かにあげないと、年増になってもらい手がなくなる」と言っていたのが、だんだんかわいくなって手放せなくなりました。澁澤が仕事に疲れて一休みし、わたしと話しているときに、ウチャがすーとやって来て、冬などストーブの前に長々と体をのばして気持ちよさそうに寝ます。完全にわが家の一員でした。ウチャが死んだとき、わたしは悲しくて一週間泣きました。今でも思い出すと涙が出てきます。「置き去り彫刻」というのですが、秋山祐徳太子さんが兎を作ってくださったので、それを庭に据えてウチャのお墓にしています。

澁澤家の食卓

「今日、何を食おうか」。朝、目がさめたときの澁澤の第一声です。「うーん、また、甘鯛かおこぜの唐揚げが食べたいんでしょ」

「うん、魚屋に電話してみろよ」

「もしもし、今日甘鯛はないわね」とわたしが電話をしている後ろから、「甘鯛はないわね」と彼。相模湾の甘鯛は、とてもおいしいのですが、食べたいと思うときに、たまたま獲れない日が何度か重なったため、あらかじめ「甘鯛はないわね」と言ってしまうのが癖になったわたしを、「おかしい」と口真似して喜んでいるのです。甘鯛の唐揚げは彼の大好物でした。揚げ物は大好きで、魚のフライでもとんかつでも、三日に一度は揚げ物料理でした。

仕事がらふつうなら二十四時間家にいる人ですから、毎日の食事はとても楽しみにしておりました。何品も並べるのではなく、豪華一点主義。好きな主品を集中的に食べますから、その一点がはずれたときの落胆ぶりは激しく、ちょっと不機嫌になって、それで原稿が進まなくなることさえありました。逆に気に入ったときは「うまいな、うまいな」と率直に喜びを表わしますので、わたしもうれしくなってしまいます。

くいしんぼうというのが、わたしたち二人の共通点でした。知的レベル（「オマエとオレの知識の差って一万対一ぐらいじゃないの」と真顔で言ってましたから）も性格も違いましたが、料理の好みはぴったり一致して、どんなにケンカをしていても、おいしいものさえ食べればすぐにニコニコしてしまいます。

実家の父は大正生まれにしては珍しく、料理、洗濯、アイロンがけなどの家事が大好きで、なかでも料理を得意としておりました。家にいるときはいつも着物に白い割烹着をつけ、台所を占領して母に手出しをさせないほどです。大晦日ともなると、会社から（食料品会社でしたので）食材を車にいっぱい載せて帰り、徹夜でお正月のお客さまのためのお料理を作っていました。今でも幼いころからの友人たちに、「オジチャマのグラタンおいしかったわね」とか、「海老のチリソース絶品だったわね」などと言われますし、わたしのお弁当のおかずに作ってくれたハンバーグステーキは、これまで食べたハンバーグのなかでいちばんおいしく、今でも亡き父のことを思い出すと浮かんでくるのは、いつでもあのハンバーグの味です。わたしがくいしんぼうになったのは、こんな父の影響もあるのかもしれません。

この北鎌倉の家から歩いて十五分ほどの巨福呂《こぶくろ》坂の実家へ二人そろって遊びに行くのは、お正月など、年に何回もありませんでしたが、そんなとき父は張りきって手料理でもてなしてくれました。そのなかで澁澤がとくに気に入っていたのは、中華風春雨料理でした。春雨に豚肉と干し椎茸、生姜をいため、甘辛く味付けたのを汁ごとかけ、その上にキュウリの千切りをのせ、ニンジン、タマネギ、ニンニクをすりおろしたドレッシングをかけたもので、これは早速わが家のメニューにも加えられ、今でもときどき作ります。

結婚するまで料理経験のまったくなかったわたしですので、最初はお刺身（北鎌倉にはとてもいいお魚屋さんがあり、時間にちゃんと届けてくれる）と、すきやきというメニューがつづき、たまに手のこんだ献立にもたもた時間がかかると、彼は足踏みしながら「ハラヘッタ、まだ、まだなの」とわたしを後ろからつっつくのでした。

澁澤家に特別なおふくろの味はなかったですし、わたしの実家も鎌倉なので関東同士、お正月のお雑煮やおせちも同じで、味付けの苦労はありませんでした。

「あなたも家庭内自立しないと、龍子がいないときは困るわよ」と彼にも料理をすすめたのですが、ピーマンやじゃがいものバターいためがやっとできる程度で、その方面の才能はないようでした。

青葉が目に染み、卯の花が咲き、ホトトギスが鳴く季節になりますと、わが家の食卓に並ぶのは、まず筍御飯に鰹のタタキというメニュー。筍は彼の大好物で、時期になると連日、筍とふきの煮物、若布《わかめ》と筍のお吸い物となり、鶏肉入りの筍御飯を、醤油味を少し濃いめにつけて炊いて、温かいうちにまず食べ、冷えたのを夜食にするのが一段とおいしいと言っておりました。「今夜は筍御飯があるんだな」と、それだけでニコニコ機嫌がよいのですから、ほんとうに単純な人でした。

澁澤は世にいうグルメではありませんでしたが、食べ物にもはっきりした好みをもっていました。だいたいシャキシャキ、カリカリと歯ごたえのある蓮根、慈姑《くわい》の薄切り唐揚げ、チョロギなどが好きで、御飯もかためにに炊きました。正月料理の黒豆のなかに、紫蘇《しそ》の葉で赤く染められた小さな巻貝のような形をしたチョロギが一、二個入っていますが、彼はそれだけでは満足できず、チョロギだけを一袋買って用意し、三が日のあいだ、存分に食べるのを楽しみにしておりました。

絶対食べないものは、かぼちゃとにんじん、両方ともカロチンが入っていて、健康のためには最高の食品ですのに、五目ずしに入っている小さく切ったにんじんでもわざわざ摘まみ出してしまいます。澁澤の子どものころ、東京の彼の家は昭和初期としてはモダーンで、日曜日には一家で銀座に食事に出かけたり、喫茶店で銀の器に盛られたアイスクリームを食べたりしたそうですが、戦時中の育ち盛りにはかぼちゃばかり食べさせられたとのことで、以後大嫌いになり、けっして口にしませんでした。

彼はフランス文学者のくせに、日本料理や中華料理のほうが好きでした。ケーキより大福やおまんじゅう、という人でした。クリーム類が苦手で、本格的なフランス料理は好みに合わなかったようです。

北鎌倉のわが家の周りには、澁澤の存命中は、まだ四季の味を楽しめる自然があり、摘み草は書斎にとじこもりがちな彼を外に連れ出す絶好の機会でもありました。

春一番はふきのとう、てんぷらにしたり、お味噌であえたり。それからのびる。地下にある白い球根を落とさないよう、シャベルで注意深く掘って、お味噌をつけて食べます。

以前、家の前に五百坪ほどの野原があって、土筆《つくし》が狂ったように出ました。待ちかまえていたように、澁澤はパジャマにガウンをひっかけたままで土筆採りに熱中します。一面の土筆のなかに隠れてしまいそうにポツンとしゃがんでいた彼の背中は、今も忘れられません。きっと無我の境地だったのでしょう。その量はショッピングバッグ数個に及び、「こんなに摘んでどうするのよ、もっとテキトウに採りなさいよ」と言いながらも友人に配って歩くのがわたしの役目でした。

ハカマを取るのがまた一仕事、指先がアクで真っ黒になってしまいます。油でいため、お醤油で味付けするとか、さっとゆでこぼして梅干で煮て、お客さまのお酒の肴にしました。若い編集者に「キミ、土筆食べたことないの」と自慢げにお酒の肴に出すときの彼のうれしそうな顔。そのうち「澁澤さん家《ち》の土筆」と有名になり、今は亡き作曲家の矢代秋雄さん一家や彫刻家の飯田善國さん一家も摘みにいらっしゃったものです。

その野原には孟宗竹もあり、筍があちこちからニョキニョキと出てきます。筍の大好きな彼のことですから、もう掘らずにはいられません。原稿を書きながらも朝になるのを待ちかねて長靴にシャベルを持って出てゆきます。ある日、筍掘りに来たその土地の持主とパッタリ鉢合わせ、びっくりして、あわてて逃げ帰ったことがありましたが、とくに咎《とが》められることもなくホッとしました。これに懲りるかと思いましたが、今度はわたしを見張りに立てるのでした。筍の魅力には抵抗できなかったようです。その野原にも澁澤が亡くなるころには家が建ってしまい、土筆もすっかり姿を消しました。

秋には、裏山から甘い山栗が庭に落ち、あけびがはじけ、ムカゴが籠いっぱいに採れるようになります。ムカゴは薄味で煮たり、ムカゴ御飯にしていただきました。こうして四季の味を楽しんでおりましたが、今でも忘れられないのは、庭に出てきたアミガサ茸を初めて食べたときのことです。

もう二十五年も昔のことになりますが、庭先の柿や梅の木の下に、マッシュルームの頭に網目のような穴があいた、薄茶色がかった奇妙な茸が出てきました。

「ちょっとちょっとあなた、気味の悪い茸が出てるわよ」

「エッ！　どれどれ」と澁澤もサンダルをつっかけて書斎から出てきます。

「なんだこりゃ、見たこともないね」とあちこち観察し、植物図鑑で調べたところ、「アミガサ茸」といって、食用になるということでした。

「食えるんだって、食ってみようか」

「いやよ、毒キノコかもしれないわよ。こんなヘンな形をした茸を食べる気しない」

とわたしが反対したので、好奇心の強い彼も諦《あきら》めました。

それから何日かして、種村季弘、巖谷國士、松山俊太郎、出口裕弘、堀内誠一さんなどが夫人同伴で集まり、庭のぼたん桜のお花見をしました。そのとき澁澤が、「ほら見てごらん、ヘンな茸だろ。だけど食べられるんだよ。食ってみようよ」と、ちょっと自慢げに言いました。グルメでフランス料理に詳しい巖谷さん、「知らないなあ、澁澤さん食べたことあるんですか」

『食物漫遊記』という著書もある種村さん、「なんだ、痔瘻みたいな茸だな」と汚いことをおっしゃる。蓮の研究家でもある松山さん、「ボクは茸のことは知りません」。カレー味さえついていればなんでも好きな出口さん、「ヘエー」と言ったきり。堀内さんは聞きとれない声で「ボソボソ」。まあ皆さん積極的に食べたいとは思わないご様子。

そこに遅れて中井英夫さんが登場。「あっ、これアミガサ茸ね。おいしいよ。なんだ、みんな知らないの」と自信をもって言われたので、それではとバターいためにしました。わたしの味付けが下手だったのか、皆さん「そんなにおいしくないね」との感想でした。

後日、鎌倉の行きつけのフランス料理屋「る・ぽていろん」のシェフに聞きましたところ、アミガサ茸はフランス語でモリユといい、通常、乾燥したものをもどして使うそうで、香りがいいのでフランス料理では珍重されるとのこと。もどしたモリユをバターでいため、マデラやポルト酒のような甘いお酒を入れ、仔牛のだし汁を入れて煮詰めてソースにし、鶏肉のソテーなどにかけて食べるとおいしいとのことでした。また、網のようにあいた穴に詰め物をしたりで、生をそのままバターいためすることはあまりないようでした。すべてフランスから輸入するそうで、わたしがこのお店でモリユを食べたのは、澁澤が亡くなった後のことでした。

こうして食べることの喜びをともに味わった方々を思い浮かべると、土筆を夢中で摘んでいた矢代秋雄さんも、アミガサ茸をいっしょに試食した堀内誠一さん、教えてくださった中井英夫さん、種村季弘さんと、今では何人もの方が鬼籍に入られてしまったことに、悲しい驚きを感じます。中井さんは澁澤が亡くなったあと、夜中によく酔って電話をくださり、「三島も澁澤もいないこの世なんて、生きていてもしょうがない」と泣いていらしたことを思い出します。

散歩がてら本屋に立ち寄り、食事をしてくるのも楽しみの一つでした。何軒か本屋をまわり、行きつけの邦栄堂でリストアップしてきた本を注文し、「さあ、ひろみでてんぷらを食って帰ろう」となるのです。ときには夢中で本を見て時間を過ごし、着いてみるとすでにのれんが仕舞われていることもあり、そんなときのがっかりした様子はかわいそうなほどでした。でもたいていは、「あー食いすぎて苦しい。今度からはぜったい一品減らそうな」と反省しつつ満足して帰りました。この店は胡麻油を使った関東風のてんぷらを出す店で、おやじさんが無愛想この上ない人物で、入って来る客を三白眼で下からジロリとにらむのです。しかし鎌倉文士の溜り場のようになっていて、小林秀雄、永井龍男、里見弴、横山隆一さんたちをよく見かけたものです。今ではどなたもすでに亡く、今昔の感を深くします。

ある日、詩人の吉岡実さんが、編集者の方と連れ立ってみえ、家でポルノを見たことがありました。アメリカやフランスの芸術的なのや通俗的なもの、写真や絵画と、いろいろなのを見てから、ひろみにくり出したことがありました。その吉岡さんもすでに亡くなりました。

若葉の美しいころ、八百屋の店先で、そら豆を買っている小林秀雄さんを見かけ、「コンニチハ」とご挨拶すると、「いやー」とニヤッとテレたように笑われたその姿も今はなく、鎌倉の小さな漁村、腰越に、早朝獲れたての地の魚を買いに行く立原正秋さんの姿もありません。

わたしたちは、好物を追いかけて旅に出ることもよくありました。蟹を求めて金沢、福井、鳥取、網走までも行きました。祇園祭りのころは、京都に鱧《はも》と蓴菜《じゅんさい》を、瀬戸内海の穴子が美味しいと聞けば、赤穂や尾道までも足を延ばしました。

忘れられないのは、ある年の冬、彼の大好物の松葉蟹を食べに鳥取に行ったときのことです。蟹料理で有名な旅館「小銭屋」で、旅館の蟹料理のほかに、こうばこ蟹二十杯、ほんとうの松葉蟹一杯を特別注文して堪能。翌日も市内観光もせずに朝から編集者のIさん夫婦と花札の八八《はちはち》をしながら蟹を食べていたところ、あきれはてた旅館の仲居さんに、「鳥取には砂丘もあります」と言われてしまいました。

翌日、誰もいない浜辺に出ると、すきとおるような冬の日差しを浴びて、鰰《はたはた》が何列にも干してあり、「鰰って秋田だけじゃないのね」「珍しいね。おいしそうじゃない」と、その場で漁師さんに分けてもらい、帰宅してさっそく焼いて食べたら、そのおいしかったこと。「鰰がこんなにおいしいなんて大発見、秋田で食べたらもっとおいしいかもね」

「じゃ秋田に行こう」とすぐ問い合わせると、「乱獲で今はぜんぜん獲れません」という。それでわたしたちは、いつの日か秋田に鰰がもどってきたら、ぜったいに行こうと大目標を掲げたのですが、実現しないまま彼は逝ってしまいました。

芝居や展覧会のため東京に出かけての楽しみは、後の食事です。入る店もきまっていて、赤坂「鴨川」のふぐ、甘鯛やおこぜの唐揚げ、白魚のしんじょなどを食べに麻布の「庖正」へ、夏は高橋《たかばし》のどじょう屋に行ったり。蟹の味噌いためやふかひれが食べたくなると、六本木の「楼外楼」へ。

今でも彼の胃袋の頑丈さに驚いてしまうのですが、前の晩にさんざん飲んで、普通の人なら当然二日酔いのところをケロッと起きてきて、「おい、鰻重とってくれ」

三十年ほど前のイタリア旅行のおり、ローマから三十五キロほどのところ、ブラッチャーノ湖に面した町アングイラーラに鰻を食べに行きました。アングイラとはイタリア語で鰻のこと、わたしたちは鰻町に鰻を食べに行ったわけですから、白焼とか蒲焼は無理だとしても、ひとかたならぬ期待をもってテーブルにつきました。出てきたお皿の上の鰻は、太いのをぶつ切りにして、オリーブ油で揚げたもの。じゅくじゅく油が浮き出ていて、わたしなど見ただけで気持ち悪くなりましたが、彼は「やっぱり鰻は蒲焼にかぎるな」などと言いながらも全部たいらげてしまいました。

もう一つ、ドイツ映画「ブリキの太鼓」の試写を見たときのこと、主人公一家が海辺へ遊びに行き、沖仲仕が海中から馬の首を引き上げると、その腐った首から鰻が何匹もニョロニョロはい出してきて、わたしなど思わず手で顔をおおってしまうほど気味の悪い場面がありました。当分鰻は食べられないと誰しも感じたと思うのですが、試写の後、川喜多和子さんに誘われ、「スーパーエディター」の安原顯さんもまじえて、南千住の「尾花」に行って、大きな鰻の蒲焼をむしゃむしゃ食べたのでした。人間の食欲というのは限りなしみたい。

「美食学とは必要を快楽に変えるための技術である」と、澁澤は、『華やかな食物誌』のなかで書いています。彼はけっして食通ではなかったと思いますが、食べることの快楽を心から味わっていたと思います。毎日の食事をとても楽しみにして、気に入ったおかずのときは「うまいな、うまいな」を連発します。率直に喜びを表わす、そんな無邪気な彼の姿を見て、わたしは心から幸せを感じたものでした。

お酒

澁澤はバーへ通ったり、飲み歩くことをあまりしませんでした。気心の知れた方々と家で飲んだり、仕事を終えて、ゆっくり頭をときほぐすというお酒でした。

数年前に亡くなった池田満寿夫さんは、わが家にもよく遊びにいらして、いつも延々と飲むことになりますが、高尚な文学論や芸術論をたたかわすことはまずなく、最後は女性観。マスオさんは「女の魅力は才能。才能ある女といっしょにいたい」と言い、それに対して澁澤は、「なんで女房に才能なんかいるの、ぜんぜん関係ないじゃない」なんの才能もない女房と致しましては、パチパチッと手をたたいてひとり喜んでいるのでした。

そんなマスオさんが「澁澤さんの快気祝いに抜こうと思って超高いロマネ・コンティがとってあるんだよ」と言っていたワイン。澁澤は一滴も味わうことなく逝ってしまい、マスオさんにそれを贈った方も亡くなり、その後いっしょに飲むつもりだった方は自殺、ということで、「また何か起きるよ、早く飲んじゃおう」と、佐藤陽子さんのお誕生日に皆でいただきました。おいしいかどうか、ワイン通でないわたしにはよくわかりませんでしたが、その後マスオさんも急逝し、因縁のロマネ・コンティという気がします。

あれは一九八一年五月二十三日に行なわれた、中井英夫さんのお宅での薔薇パーティーのおりでした。中井さんが丹精こめて育てた薔薇を鑑賞する会に、吉行淳之介さんが薔薇の花束を持って現われたのには、皆で笑ってしまいましたが、その日、巨人・阪神戦があり、江川が投げて巨人の勝ったことを聞いて、大の江川ファンのわたしが大喜びしたところ、阪神ファンの吉行さんと武満徹さんに、「えっ、澁澤さんの奥さんともあろう人が巨人ファンだって!」とさんざん言われて澁澤は返答に困り、お酒をガブ飲みする始末。やがて麻雀が始まり、名人の吉行さんとちょっと手合わせをとわたしも加わっているあいだに、澁澤はひたすらひとりで飲みつづけ、気がついたらすっかり出来上がって荒れ狂っているので、なだめるのに一苦労し、中井英夫さんからはあきれかえられたこともありました。

お酒が入ると、よく軍歌を歌いました。

「ここはお国を何百里……」と「戦友」を歌いだし、同年輩の方々はいっしょについていきますが、歌詞が五番ぐらいになると一人降り二人降りで、結局澁澤だけが延々十四番まで歌いつづけます。若い人たちはもうウンザリしているようでしたが、「すごいですね、全部覚えているなんて」とお世辞を言われて、高い鼻を上に向け、なお高くして得意げでした。歌詞は覚えて歌うのが当たり前と思っている人でしたから、カラオケで歌うなどということはありません。もともと暗記は得意で、天皇の名を全部言えるとか、『太平記』を諳《そら》んじてみせたりしていましたが、童謡もしっかり覚えていて、いちばん好きな「チュウリップ兵隊」はもちろん全部歌えますし、女中さんに教わったとか、母親が口ずさんでいたという歌などもすらすら出てきて、わたしをいつも感心させていました。

晩年はあまりひどい飲み方はしなくなりましたが、昔は飲み始めるとベロベロになって、自分が起きているかぎり人を引き止めて帰さず、酒宴が何日もつづくことがあり、これにはうんざりでした。わたしはひそかに失礼ながら「三馬鹿」と呼んでいたのですが、土方巽さん、加藤郁乎さんに澁澤がそろうと、もう手がつけられません。慈姑を薄切りにしておせんべいみたいに揚げろ（澁澤の好物）、あれを作れ、これを出せ、あげくはわたしに裸になれの逆立ちしろのと無理難題をふっかけてきます。相手は正気ではないのですから、下手に抵抗すると修羅場になりそうですので、ひたすら泣いてしまいました。

幸せなお酒は、徹夜で書いていた原稿がやっと完成し、夜明けに寝酒をいっしょに飲むときでした。書いたことがまだぎっしり詰まっているような頭のなかを、ゆっくり少しずつ解きほぐしてゆく彼と、書き終わった作品や次作のことを語り、怖い絵のある画集をパッとひろげて、「怖いだろう」なんて脅かされたり、次の旅行はどこにしようかと気持ちよく杯を重ねるうちに、白々とした朝が訪れ、小鳥が鳴きだし、牛乳や新聞配達の音がして、世間が少しずつ動き始めるころ、「そろそろ寝ようか」なんと幸せなひとときだったことでしょう。

散歩

彼が亡くなってからは、散歩することもすっかり忘れていましたが、思い出してみると、わたしたちはよく歩きまわっていました。明月院から散在ヶ池、今泉不動を経て常楽寺の乙護童子《おとごどうじ》の像に会いに行ったり、別の日には荏柄天神《えがらてんじん》から来迎寺に向かい、如意輪観音を拝んでから旧朝比奈峠越えをして、金沢八景に抜けるという一日がかりの道行もありました。

鎌倉駅近くの本屋さんにちょっと行くにも、「今日は亀ヶ谷坂を通って行こうか」などと。現在は舗装されきれいになっていますが、そのころは岩でデコボコした、両側の崖が今にも崩れてきそうで、昼なお暗く、追いはぎでも出そうな道でした。

時間のあるときは、扇ヶ谷《おうぎやつ》のどんづまり、海蔵寺まで足をのばして、ほととぎす、りんどうや秋冥菊《しゅうめいぎく》などの秋草が乱れ咲く境内を散策し、本堂の背後にある瀟洒な庭園を眺めたり……、そういえば本堂は「龍護殿」といいました。

春には、窟《いわや》小路を通って小町通りに出る途中、旧川喜多邸のみごとな染井吉野が満開だったらいうことありません。

すっきり晴れた夕暮れ、「今日は富士山がきれいよ」と、稲村ヶ崎まで車を飛ばしたことも何度かありました。江ノ島にかかる橋のはるか向こうにくっきりと大きく浮かぶ富士山、そこに夕日が落ちてきて真紅に染まっていたかと思うと、やがて墨絵のような富士に変わってゆく……。夢の中にいるようでした。稲村ヶ崎から眺める富士が日本一と今も思っていますが、これに桜と日本犬を加えて、わたしの好きなニッポンのベストスリーです。

彼は鎌倉の歴史や風景にとても愛着をもっていました。自然に恵まれ、古い名刹の点在するこの鎌倉の地に長く住んでいたことが、晩年の創作の源泉になったのかもしれません。このごろになって、彼と行った鎌倉のあちこちを歩きなおしています。

毎年十月二十五日には、鎌倉建長寺の年中行事の一つ「講中斎《こうちゅうさい》大施餓鬼」が行なわれます。雲水のたたく大太鼓の音が僧堂に鳴り響くと、管長が静かに入場され、臨済宗建長寺派の門外塔頭《たっちゅう》の住職たちがあとにつづきます。読経が進み、管長をはじめ、二百人ほどのわたしたち会衆のお焼香が終わると、地獄の餓鬼に飲食をあたえる儀式に移ります。施餓鬼棚には洗米と水が鉢に盛られて、厳かに米が供えられ、禊萩《みそはぎ》の細長くとがった葉でささっと水が施されて供養は終わります。

さて、これからがお楽しみの本山庫裏《くり》での昼食です。この日は、托鉢に出る雲水さんたちを日ごろ家に招いてご馳走してくれる方々へ感謝をこめて、一年に一度、雲水さんたちが得意の精進料理でもてなしてくれるのです。わたしもそんなお宅の友人に誘われて席につきました。朱色のお膳には、ごま豆腐、お煮しめ、酢の物など色取りよく並べられ、元祖けんちん汁が何度でもおかわりできるのも嬉しい。そしてなによりのご馳走は、眉目秀麗な若い雲水さんたちの接待。墨染めの衣をひるがえして、「お酒はいかがですか」と言われると、一杯また一杯となってしまいますが、太陽が真上にあるこの時間、ほどほどにしておきましょう。秋晴れの風もない昼下がり、外に出ると陽の光が目にしみるようでした。

「そうだ、こんな日は澁澤と椎の実を拾いによく半僧坊《はんそうぼう》まで登ったっけ」と思い立ち、いくつかの塔頭の前を通り、細い石畳を歩きはじめました。道筋には、ジュースやサイダーを飲ませる茶店があのころ二軒ほどあったのに、いつのまにかなくなっています。自動販売機がどこにでもあるご時世ですもの、昔風の茶店ではやっていけないのでしょう。

半僧坊は勝上《しょうじょう》ヶ嶽《だけ》という建長寺裏山の中腹にあるので、二百五十余段のつづら折りの石段を登らなくてはなりません。人工弁入りの今のわたしの心臓には相当きつく、何回も休みながら、秋なのにうっすらと汗をかいて、ようようたどり着きました。彼といっしょに来たころのわたしはまだ若く、すべて自前の心臓でしたから、飛ぶように登ってきたものでしたが……。

ここ半僧坊の社殿に向かう石段の両側には、大小さまざまの青銅の天狗像が並んでいるのですが、いやにリアルでなんとも不思議な天狗たちなのです。

苦労して登ったかいがあって、社殿の前には昔と変わらぬ素晴らしい眺望がひらけ、幾重にも重なる山や谷の向こうに鎌倉の街が、さらにその向こうに銀色に光る海が見えます。遠くにきらきら輝くこの鎌倉の海を見るのが、彼はほんとうに好きでした。

帰りは椎の実を見つけながら（どんぐりはいっぱい落ちていますが、椎の実はなかなか見つからない）山道を下って、鎌倉学園のグラウンド脇に出たものでした。今日も、サッカーやランニングをしている生徒たちの元気なかけ声が響いて、昔と少しも変わらず、あのとき以来ずっと時間がとまっていたよう……。

そういえば、ずっと昔、作家の金井久美子、美恵子姉妹といっしょに椎の実とむかごをいっぱい採って、吉岡実さんと巖谷國士さんへお届けしたこともありました。

彼は家に帰ると、早速拾ってきた椎の実をフライパンで煎って、歯でパチンパチンと殻を割って食べるのでした。お台所に立つことはまずしない人でしたが、木の実が大好きだった彼には、銀杏を煎ったり、胡桃を割ったりするのは遊びのつづきだったのでしょう。

またある晴れた初夏の一日、「今日はお天気がいいからちょっとハイキングしようよ」と逗子に住む三門夫妻をさそって、曼陀羅堂《まんだらどう》、お猿畑《さるばたけ》、披露山《ひろうやま》から浪子《なみこ》不動まで、午後から出かけてちょっと汗をかいてきたこともありました。

曼陀羅堂には名越の切通しから入ります。鎌倉七切通しの一つで、左右の切り立った崖は人工的な切り岸で昼なお暗く、馬一頭が通れるほどの狭さ。昔の面影を残し、しんとした道を登ってゆくと、鎌倉武士たちが乗った馬の蹄《ひづめ》の音が聞こえてきそうでした。

ほんの十分ほど歩いて着く曼陀羅堂は、御堂があるわけではなく、おびただしい数の「やぐら」と四季おりおりの花が咲き乱れているだけです。その日は、紫陽花と菖蒲の花が盛りでした。花の中にもぐってしまいそうな小道を、「こんどはしだれ桜のころ来ようね」と言いながら歩いて、二階建てになっているのや、五輪塔の入ったやぐら群を見てまわりました。「やぐら」は、鎌倉時代に山腹の岩を四角に掘って墓洞としていたものといわれ、鎌倉中いたるところにあり、わが家の裏山にもあります。このやぐらは鎌倉時代に、円覚寺開山の無学祖元《むがくそげん》とともに宋から渡来して寺を建てた大工の墓なのですが、その子孫の墓として現在も使われているという珍しいものです。

それからお猿畑へ。わたしたちはお猿畑と呼んでいますが、日蓮宗法性寺《ほっしょうじ》のことで、山門には両側を二匹の白猿に支えられた「猿畑山」という額が掲げられています。ここは日蓮上人ゆかりの地で、鎌倉松葉《まつば》ヶ谷《やつ》の草庵が他宗徒の焼き討ちにあったとき、山から出てきた白猿に導かれて山中の岩窟に難を逃れ、猿が運んできてくれた食物によってその場をしのいだそうです。この話は澁澤のお気に入りの一つで、小説『きらら姫』にも出てきます。

その山門をくぐったところで、大きな木の下に落ちているムクロジの実を澁澤が見つけ、「羽子板の羽子のお尻についている黒い球だよ」と、友人に得意げに説明して、ハイキングの思わぬ収穫にしたこともありました。

坂道を登ってゆくと大切り岸につきあたります。切り岸の前方は畑になっていて、青空のもと、明るい風景がひろがっています。ここお猿畑は、子どものころのわたしにとって人里はなれた遠いところで、その不思議な名前にひかれて行ってみたいと思ったものです。「お猿がたくさんいるのかしら」などと、子ども心にあれこれ想像していましたのに、いざ来てみると、気が抜けるほどなんでもない畑なのでした。

桜も散った春の一日、逗子の友人宅からハイランドを通って、「黄金やぐら」「日月やぐら」「唐糸やぐら」などをめぐり、釈迦堂切通しを経て帰ってきたこともありました。唐糸やぐらは、『お伽草子』に収録された「唐糸草子」に登場する木曾義仲の臣、手塚太郎光盛の娘唐糸が、頼朝を刺そうとして捕われていた牢獄です。唐糸の娘、万寿姫は身分を隠して頼朝に仕え、鶴岡八幡の社殿で今様をみごとに舞い、その褒美として母の赦免を願い、許されて信濃国に手塚の里を賜るという話で、戦前は小学校の教科書にものっていたようです。

「えっ！　きみたち万寿姫の話、知らないの」と、澁澤はあきれていました。その「唐糸やぐら」も「日月やぐら」も、今は個人の敷地になっていて、見ることができなくなりました。

そこからバス通りを鎌倉駅方面にもどり、宝戒寺《ほうかいじ》の前から小町大路を少し行って左に曲がると、滑川《なめりがわ》にかかる東勝寺橋に出ます。そのたもとには、彼が戦後住んでいたひっくり返りそうな古い家があり、そのまま橋を渡ってさらに坂道を登ってゆくと、北条一族の残兵が自殺したと伝えられる「腹切りやぐら」があります。やぐらにはどこかもの悲しく、不気味な雰囲気がありますが、木々の生い茂った、薄暗い、濡れた山肌にぽっかりあいたこのやぐらは、一段と悲壮感が漂っていました。

澁澤のお墓は、鎌倉五山の一つ、浄智寺にあります。春の桜、夏の百日紅《さるすべり》、秋の紅葉、冬のやぶ椿と四季おりおりの花々が美しい静かなこのお寺を、二人でよく散歩したものでした。そのまま奥に進んで、源氏山から銭洗弁天、佐助稲荷、ときには極楽寺のほうまでハイキングしたことも何度かありました。山門から振り向けば、正面にわが家が望める……、そんなところに彼は今眠っています。

「大施餓鬼」などという言葉も知らなかったわたしですが、浄智寺の八月三日の大施餓鬼には一度も欠かさず参列して、檀家の皆さまとご住職のお話をうかがい、供養をしておりますし、お彼岸や命日など墓守としてのお勤めはしっかりしているつもりです。

でも、「あなたが死んだら髪をおろして庵を結ぶからね」なんていつも言っていたのに、ふわふわと、なんだか楽しげな毎日を送っているわたし、彼はきっと怒っているでしょうね……。

喧嘩とお叱り帖

澁澤との日々を改めて考えてみると、世間一般でいう、いわゆる家庭生活というものがあったのか疑問に思います。地に足つけて、しっかり日常を生きるというよりも、今でもそうなのですが、幻想のなかに生きているような、夢のなかにいるような生活だったと思うのです。同時に、澁澤は毎日の暮らしをとても楽しみ、大切にした人でした。

二人がいちばん使った言葉、それは「バカ」でした。「龍子ってほんとうにバカだね」とか、「バカな龍子」とか、わたしの名前の上に「バカ」という枕言葉が常につくのですが、それは不愉快ではなくむしろ快感でした。わたしは極楽トンボですから、「バカな龍子」とは「龍子ってほんとうにかわいいね」と言っているのだと思っていました。フェミニズムの人たちに叱られるかもしれませんが、澁澤はよく「おまえがもっと白痴ならいい」と言っておりましたし、わたしも思考というものを停止させて、子猫のようにかわいがられ、ときどき爪をたててひっかいたりしながら一生を過ごすのが最高と思っていたのです。

わからないことは、家に辞典類が売るほどあるのですから引けばいいのですが、澁澤という生き字引がそばにいるかと思うと、つい聞いてしまうのでした。手紙を書いていてわからない字があれば、「どう書くの」と、仕事中の彼にたびたび尋ねるものですから、しまいには「うるさい、そんなの仮名で書けばいいんだ」と怒られてしまいます。そして何度聞いても忘れてしまうものですから、壁に紙を貼り付けておいて、同じことを教えるたびに彼がその言葉の下に見せしめの「正」の字を書きしるすことにもなりました。

そして「お叱り帖」を作られてしまいました。彼は四季の移り変わりをはじめ、なにごとによらずメモすることが得意だったのですが、それがついにわたしの無知蒙昧ぶりにまで及んだのでした。「門徒もの知らず帖」とか「龍子バカ帖」というメモ帳です。銀行からもらったメモ帳に書かれているのですが、たとえばこんなことです。

●「ウサギウマはロバのことだよ」
何度言っても忘れる
84年11月11日
●チェーンソー知らない。
おれが教える。
85年9月9日

（そのうちきっと「そんなの前から知ってる」って言い出すから、ここに書いておく）

●「ピン札なんていう言葉はない。お前以外はだれも使わない」

「使うわよ。あるわよ」

60年（85）9月4日

●「行ってくるぞと勇ましく……」

何度言ってもダメ

またダメ（85年9月4日）

「勝ってくるぞと勇ましく」という歌をいくら彼が教えても、わたしは「行ってくるぞと」と歌うのでした。

●柿食えば鐘が鳴る鳴るという（大楠山でまた言った。）

正しくは「柿食えば鐘が鳴るなり法隆寺」という子規の句です。

●ブスという言葉を使わないこと

昭和61年1月10日

（種村夫妻が来宅した日）

なんでも許してくれそうでしたが、わたしが口にすると、とても嫌がることが二つありました。一つは「ブス」という言葉。つい口から出てしまうのですが、よく叱られました。言葉そのものがきれいではない上に、「あの人ブスね」などと言うのは、自分はそうではないという気持ちが見え透いて嫌だったのでしょう。もう一つ、わたしが痴漢にあったことを人前で口にすると、本気になって怒ってしまうのでした。

●カメノテ

「読売家庭画報」
食べられる　葉山
それを龍子に言った。
おぼえているはず

わたしがすっかり忘れているので、「今また教えたからサインしろ」と言われて、(龍子)のサインがあります。

●ナンクリ　康夫ちゃん
(昭60年9月26日　ひろみに行く車の中で)
もう何度か聞いているはずだが、それでも知らない、といった
「ナンクリ」は当時の若者文化、消費スタイルを描いてベストセラーになった田中

康夫さんの『なんとなく、クリスタル』のことで、流行語になっていました。その康夫ちゃんが長野県知事になったのですから、彼が生きていたらどんなコメントをしたでしょう。

こういったことが、あの懐かしい丸っこい字で次々と書いてあるわけですが、いかにも澁澤らしくて、今読んでも当時の情景が浮かんできて、思わず笑ってしまいます。

わたしも彼に「あなたってバカね」というのが口癖でした。日常的なことにはまったく疎い人でしたから、たとえば銀行について来て、自動支払機でお金を出すのを見ると、びっくりして自分もやりたいと、何度も何度もボタンを押して、お金をどんどん出してしまいます。今どき子どもでもこんなことはしないでしょう。駅の自動販売機で切符が上手に買えたと、自慢げに帰ってきたこともあります。やはりちょっとおバカさんだったのではないでしょうか。

これはごく最近、当時新人の編集者だったIさんから聞いたのですが、家にいらしたおり、澁澤がウチャのことを「兎って本当にバカなんだよ」と言ったとたん、「ウチにはバカがもう一人いるのよね」とわたしが言ったことに、「あこがれのあの澁澤さんも、奥さんから見るとバカなんだ」ととてもショックを受けたそうで、わたしはすっかり忘れているのですが、こういう場面が多々あったのでしょうね。

澁澤は、わたしにこうなってほしいとか、もう少し利口であってほしいなどとはけっして言いませんでしたが、一つだけ「オバサンにならないでね」とは言っていました。そしてわたしの髪型や服装にはけっこううるさく、わたしも気をつかいました。結婚以来ずっと彼の好きなロングヘヤーですし、柔道着みたいで嫌いだというキルティングは、彼の生前、着たことがありませんでした。わたしが洋服を買うと彼も喜び、同じようなものばかり着ていると、買い物に行くよう勧めるのです。

「毛皮でも宝石でも、どんどん買っておいで」と送りだされるのですが、わたしはやはり経済ということを考えますし、もともと買い物があまり好きではないので、適当にして帰ると、「なーんだそれだけ」とがっかりさせてしまうのです。嘘みたいな話ですが、もしわたしが浪費家でしたら、家の経済はどうなっていたでしょう。

澁澤はつねづね、自分は「目の人」だと言い、絵や彫刻のことなど、目で見たもののエッセイはたくさんありますが、音楽については、ほとんど書いておりません。けれどもとても耳のよい人で、クラシックからジャズ、シャンソン、軍歌から童謡に至るまで大好きでした。早世なさった作曲家の矢代秋雄さんは、ご一家でわが家の前の空き地に土筆を摘みにいらしたり、三島由紀夫さんとの共通の友人であったりして親しくお付き合いしていたのですが、会えばやはり話題は音楽のことになり、「あの曲のヴァイオリンがこう入るところ」と、澁澤が口ずさんだりしますと、「ほんとうに音感がいいね。どうして音楽のこと書かないの。いつか二人でオペラを作ろうよ」「そうだね」などと楽しそうに話しておりました。

ある春の明け方近く、「ヒョー、ヒー」と按摩さんの笛のように雌雄が鳴き交わすトラツグミの声を聞きながら、わたしがお風呂に入っていたときのことでした。裕次郎の歌など口ずさんでいい気持ちになっていますと、突然、ガラッと浴室の戸があいて、「おまえの音程は狂ってる」と、書斎で執筆していた澁澤が飛びこんで来たのです。「なによ、ひとりでお風呂で歌ってるんだから、どう歌ったっていいでしょ」「ダメ、正しい音程で歌いなさい」「ああ、いやだ、気分がこわれちゃう」

でも、彼の指導で正しく歌えるまで許してもらえません。もともとわたしは音感が悪く、耳のいい彼には調子はずれが気になるところを、何回もやり直しをさせられ、「そうだよ、やっとできたね」。やれやれこれで解放してもらえると、わたしもにっこり。

すると、「じゃあ、さっきの狂ったのをちょっと歌ってごらん」「冗談じゃないわよ。さっきどう歌ったかなんて忘れたわよ。あなたは早く原稿を書きなさい！」

すっかりお湯にのぼせてしまったわたしは、思わずどなってしまいました。

旅と交友

初の外国旅行

結婚した翌年、一九七〇年八月、わたしたちはヨーロッパ旅行に出かけました。彼が四十二歳のときでした。わたし自身はもともと旅行好きだったのですが、それまで書斎にとじこもっていた澁澤は旅行というものをあまりしたことがなかったのです。

旅行の日程は二か月以上にもなり、あの澁澤がいよいよ海外へ行くというので、周りは大変な騒ぎでした。八月三十一日、羽田空港に私たちの初めての旅立ちを、三島由紀夫、土方巽、堀内誠一、種村季弘、巖谷國士、野中ユリ、谷川晃一さんなど、大勢の方々が見送ってくださいました。とくに三島さんは盾の会の制服でおいでになり、外国旅行の注意を細々と、ホテルのこと、お金のことから荷物のことまで、「澁澤さんはダメだから」と、わたしに何回も念を押して説明してくださいました。「これで大丈夫ですね」とくり返す三島さんと、「ハイ、ハイ」と答える私を見比べて、澁澤は笑っていました。

三島さんはその年の十一月二十五日に割腹し、自決してしまわれたのですから、たぶん澁澤とのお別れにいらしたのでしょう。後に彼と「やはりあのとき……」と話し合ったものです。

澁澤にしましても、ヨーロッパ旅行をすることは一大決心で、三島由紀夫さん宛の一九七〇年七月二十六日の手紙に、「小生、八月末から二ヶ月ばかり、ヨーロッパをまわってくることにしました。出不精の小生としては、劃期的なことで、案外ぽっくり死ぬかもしれません」と書いています。それから亡くなるまでの十八年間、ぽっくり死ぬこともなく、国内国外を問わず、堰《せき》を切ったように旅に出かけるようになりました。

そのとき彼は旅行のスケジュールを綿密に立て、それをもとに旅行会社の人が、飛行機で一周できるような旅程を組み立ててくれました。ところが、いざ旅に出てみると、彼は一人では何もできない。ものすごい方向音痴、時間音痴、金銭音痴、そして淋しがりやでした。方角や道を覚えないなんてことはしょっちゅうです。ホテルの中で迷子になってしまったり、翌朝出発するとき、重いトランクをさげて出口と反対方向に歩いていったり……。「今度から自分が行こうと思った反対方向に歩きなさい」と言えば、「もうごちゃごちゃになってどっちにも行けない」と答える始末です。

お金に関しても、普段から本屋さん以外、自分で払う習慣のない人で、外国旅行中は、「これがフランよ、これがリラ、迷子になったら困るから、アナタ持っていて」と渡すのですが、「この柄よりこっちの方がきれいだね」とか、お金という観念がまったくないのです。もう子どもを相手にしているようでした。

わたしたち二人にとって、初めてのヨーロッパでした。プラハ、ウィーン、ミュンヘン、ブリュッセル、パリと、これまで思い描いていた憧れの都市を歩きまわり、十月中旬、スペインのアンダルシア地方に滞在していたときのことです。

その日、コルドバから砂漠のような荒地を五時間ばかりバスに揺られて、グラナダに着いたのが夜の九時ごろでした。バスを降りるとすぐに変な小男の客引きが現われ、わたしたちはその男についてホテル四つとペンション二つを訪ねましたが、結局どこもいっぱいでした。ここから五十キロ先の温泉場をホテルのフロントに教えられ、客引き男と運転手に連れられて、真っ暗な山道を一時間ほどタクシーに揺られることになりました。彼がかなり緊張してかたくなっているのがわたしにも伝染して、「追剝ぎだったらどうしよう」などと不安が増すなか、やがて町の灯が見え出したときのうれしかったこと。やっと泊まれる小さなホテルが見つかり、運転手も客引きもいっしょになって喜んでくれて、わずかなチップを渡すと、握手をして別れたのでした。「あのとき、おまえよく怖くなかったな」と後で言われましたから、彼はよほど怖かったようです。

そこはグラナダとマラガのあいだ、スキー場で名高いシエラ・ネバダ山中の、ペンション風ホテルやレストラン、おみやげ屋が十数軒あるこぢんまりした鉱泉保養地ランハルーン。遅い食事に近所のレストランへ行くと、「日本人でハルーンに来たのはあなた方が初めて」と大歓迎してくれ、「今テレビで日本の特集をやっていた」などとテレビのところまでわたしたちをひっぱって行き、最後のコニャックをサービスしてくれました。

翌日は、ヘルスセンターのような湯治場を見学です。そこでは、浅黒く、トルコ帽のような帽子をかぶり、アラブ風マントを着た男たちをたくさん見かけました。ジブラルタル海峡をひとまたぎすればモロッコなのですから、きっと観光客だと思いますが、エキゾチックな風景としてとても印象に残っています。だれもお湯に入っている様子はありませんでしたが、鉱泉の湧き出ている水をもらって飲むと、温泉のような味でした。

このときのヨーロッパ旅行を境に、澁澤は変わったと思います。どう説明してよいかわかりませんけれど、内から外に向かって、何かパアッと開かれた感じがしました。同時に三島由紀夫さんの死とともに、澁澤の書くものは、少しずつ変化していったと思います。もちろん、彼の資質が変わったわけではありませんけれど。

ヨーロッパには四回出かけたことになります。彼は旅行の計画は綿密に立てるのですが、必要な手続きなどはすべてわたし任せでした。お話ししたように、ふだんでも自分でお金の支払いなどはしない上に、方向音痴ときていますから、自分ひとりでは何もできないのです。澁澤に『滞欧日記』(河出書房新社)という本がありますが、それを読んだ方は、彼のことをきっと案外マメな人と思うかもしれません。旅行にまつわる雑事はそばにいるわたしが片付けていたのですが、それは彼にとってはごく当たり前のことでしたから、わざわざ書きしるすほどのことではなかったのでしょう。

おかしいことに最初のヨーロッパ旅行の日記(ふだんは日記をつける人ではありませんでしたが)には、毎回「龍子サン」が登場して、事あるごとに龍子、龍子と出てくるのですが、二回目からはだんだん減ってよほどのことがない限り名前が出ません。だんだん慣れ親しんだ夫婦になったということでしょうか。

旅行中の彼はふだんとは少し違っていたのかもしれません。とても我慢強いところがあって感心するほどでした。かえってわたしのほうが怒って機嫌を悪くしたりしました。彼は周りのだれとも仲良くやって、わがままを言ったりすることもなく、ホテルで皆が夜遅くまでお酒を飲んでいるようなときに、「そろそろやめて、明日も早いから寝ようよ」などと言ったこともあります。ものごとに対してとても真面目になるような面が出てくるのでした。見るものはきちんと見て、自分のそれまで書いてきたことをいちいち確認するような律儀な姿勢でした。

美術館に入っても、未知のものを発見しようとするよりも、必要なところだけを見るので、とても早いのです。わたしがゆっくり見ていると、「おまえ、何でそんなに見てるの？」などと言われ、なじみの作品を見つけると、二人で「あったー」「これこれ」と確認しては喜んでいました。「やっぱりいい」「これだよ」という調子でした。よほど記憶力に自信があったのでしょう、メモをとったり、途中で書いたりすることはほとんどありません。ホテルに帰ってから、一日のことをきちんと書きしるすのが習わしでした。

一九七四年二度目のヨーロッパ旅行は、三週間ほどのイタリアでしたが、彼はすっかり気に入ってしまい、後年、病床にあっても「もう一度行けたらイタリアがいいね」

と話していたこともありました。

当時、藝術新潮の先輩でもあった西洋美術史家の小川熙さんが、ローマに住んでいらしたので、前もって計画を立てずに、小川さんと相談しながら、氏の愛車でローマ以南、ナポリから先の、いわゆる長靴の底の部分をぐるっと回る南イタリア紀行でした。

澁澤は車の窓から眺めたプーリア地方のオリーブ、仙人掌《せんにんしょう》、無花果《いちじく》、龍舌蘭《りゅうぜつらん》などの植物相に心はずませた様子を「ペトラトフローラ」(『旅のモザイク』河出文庫)のなかで詳しく述べています。

そして最後に澁澤がシチリア島パレルモにどうしても行きたいと言うので、ローマから飛行機で足を延ばしたのでした。

あの人が亡くなって十四年経った年に、わたしは思い切ってヴェネツィアに行きました。彼がいないイタリアなんて……と思っていたのですが、ちょうどバルテュスの大回顧展が開催されていて、バルテュス自身も言っているように、日本で最初に彼を紹介したのが澁澤だったこともあり、わたしが見ておかねばという気になったわけです。

そして次の年（二〇〇二年）にはシチリア一周の旅を。三十年ほど前、ここに来たのは、ゲーテの『イタリア紀行』や、シチリアを支配した神聖ローマ皇帝フリードリヒ二世への思いから、彼がどうしてもパレルモへ行きたいと、二十日間ほどの旅の最後に寄ったものでした。あのころとはすっかり変わり、澁澤が興味をもったパラゴニア荘（ゲーテが「悪趣味だ」と言った一種の怪物庭園のような宮殿）のあるバゲリアも、高速道路であっという間に通り過ぎてしまいました。彼はパレルモの印象を「一口に言えばフローラ」と言って、目にした植物の名前を日記にたくさん書きつけてありましたが、今回、わたしの目にはまったく入ってきませんでした。

三回目のヨーロッパ旅行（一九七七年）では、長年の念願であったサド侯爵のラコストの城を訪ねました。それは澁澤にとって忘れることのできない体験だったようです。その日は朝から興奮のあまり気持ちが悪くなったほどでした。ラコストの城に着き、かつてサド家の庭園だった、風のひゅうひゅうと吹く、荒れはてた原っぱにしゃがみこんで、夢中で咲き乱れる草花を摘んでは、次々束にし、「ホラ龍子持ってて」と言った彼の姿を忘れることができません。それは泥んこ遊びに夢中になっている幼児のようであり、模型飛行機作りに熱中している少年のようであり、風に飛んで行ってしまう天使のようでもありました。同行した出口裕弘さん、堀内誠一ご夫妻も「黙って見ていてやろうよ」と、澁澤の気のすむまで静かに見守っていたのでした。なんだか皆の心が一つになったような気がしました。

その日の澁澤の日記の最後には、「有意義な一日であった。生涯の思い出になるだろう」とあり、非公開とはいえ、ふつうだったらけっして書くことのないこんな陳腐な言葉をつい書き付けてしまうほど、彼は興奮していたのです。

蔵書目録のデータ整理をしていた昨年、サドの原書の中にはさまれた遠藤周作さんのラコストからの絵はがきが出てきました。今から四十年以上も前になりますが、こんなふうに書かれています。

澁沢さんごぶさたしました　この裏の写眞がラコストのサドの城　貴兄のことを城にのぼりしみじみ考えました。石を一つ（城の）君のためにおみやげに持ってかえります。受けとって下さい。

それからジルベール・ルリイに巴里で会った。君のこともウンと話しておきました。

どういうわけか、彼は旅行のときにはいつもきちんと背広を着るのでした。それを言うといつも喧嘩になるのですが、ふだん家にいるときはパジャマしか着たことのない人が、突然、上下のスーツで出てくるのです。「旅行っていうのに、あなたどうしてそんな格好して行くの？」と言うと、「いいじゃないい」

「お叱り帖」に、

●旅行のとき、

上下の背広をきると、いちいちびっくりする。

とありますが、旅に出るとき、わたしがとてもカジュアルな格好なのに、彼は渋谷の東急デパート本店内の「テーラー石川」で仕立てたバリッとした背広姿です。むろんワイシャツにネクタイを締めてゆくわけではありませんが、わたしに合わせてもう少しカジュアルにしてくれればいいのにと思って、つい口に出してしまうのです。

彼は彼で、わたしの服装、髪型にはなかなかうるさいのです。いつでしたか京都に遊びにゆくとき、着やすい赤いジャージーのワンピースで出かけたら、「それ、ボクの嫌いな服じゃない」と、新幹線の車中でずっと怒っていたこともあったほどです。

四回目のヨーロッパ旅行（一九八一年）は主にギリシアでした。クレタ島に行くのが第一の目的で、その前にテッサロニキにいた彼の妹の萬知子夫妻の家に滞在し、特別何を見るという目的もなく、気楽に楽しんでおりました。ある日テッサロニキから八十キロほどあるハルキディキのビーチで皆で泳いだのですが、澁澤だけは泳ぎませんでした。じつは泳げなかったので、そのとき書いたものを読むと、ひとり取り残されたような寂しい気持ちになっていたようです。

元来、書斎にとじこもって旅行嫌いだった澁澤ですが、第一回ヨーロッパ旅行以来、堰を切ったように出かけるようになり、『ヨーロッパの乳房』、『旅のモザイク』、そして遺作となった『高丘親王航海記』などの作品を生むことになりました。ヨーロッパ旅行中に克明にしるした日記も『滞欧日記』として刊行され、物語を書くようになった晩年の『うつろ舟』や『ねむり姫』という作品のなかにも、必ず旅行で訪れた土地が登場するようになったのです。こうしてみると、書斎派と思われている澁澤も、一九七〇年以降は旅の作家だったのかもしれません。

国内旅行の場合は、一つ仕事が終わると息抜きとして出かけたものでした。初めての九州旅行にもいろいろな思い出があります。一九七八年早春、その日は明け方まで原稿を書き、寝不足で不機嫌だった彼もすっかり上機嫌になって、わたしたちは快晴の福岡空港にうきうきしながら到着し、そのままレンタカーを借りて唐津へ向かったのです。もちろん運転はわたし。「ぼく、ナビゲータースするからね」と、助手席の彼は道路地図をひろげ、「エーと、どっちへ行くのかな」と言っているあいだに、車はどんどん走って次々と標識があらわれますが、全然指示がありません。「ねえねえ、この道でいいの、ちゃんと唐津の方に行ってるのかしら」とわたし。「なんか、ぜんぜんわかんねーや」と彼。「もう、役に立たないナビゲーターなんだから」。まったくの方向音痴である彼に期待するほうが悪いのです。

それでもわたしたちは、福岡市・室見川で白魚のおどり食いを「おもしろくて、美味しいね」などと楽しみ、夕方には虹の松原のホテルに無事着いたのでした。翌日、平戸への途中、呼子で食べたやりいかの生《いけ》づくりがとても気に入って、その後何年も

「呼子のいかがうまかったなー」と話題にしたものでした。長崎を巡り、アラという魚をはじめて知ったりと、四泊五日の旅を楽しんで、再び福岡に戻ったころには、彼のナビゲーターとしての腕もすっかり上がって、自信たっぷり。「ハイここを曲がって」などと言うまでになっていました。

九州には後に雑誌の取材でも、阿蘇や鹿児島など何度か出かけました。今度は由布院に泊まり、国東《くにさき》半島をまわって、大好きなふぐをいっぱい食べようというのが二人の計画でしたが、実現しませんでした。

手術後の入院生活のある日、いつものように楽しかった旅行の思い出を話しているときに、「でも由布院にはとうとう行けなかったわね」という言葉が口からポロッと出てしまいました。彼は「うん」とうなずいて、寂しそうに笑いました。なんてことを言ってしまったのでしょう。今でもわたしの胸はチクチク痛みます。彼が亡くなった後二回も由布院に行き、しかも高級旅館に泊まってふぐも存分に食べてきたのですから、ごめんなさい。

同行二人の十七年間の旅行で、とくに意識したわけではないのですが、それでも数えきれないほどお城を訪ねています。国外、国内それぞれそのときどきの思い出はありますが、彼がもっとも印象深く思ったのは、外国ではもちろんサド侯爵のラコストの城、国内では安土城趾でした。ここはわたしが同行しなかった唯一のお城で、白水社編集部の和気元さん、写真家の井上修さんとともに、一九八一年に刊行された「日本風景論」シリーズの一冊『城』の取材に訪れたのでした。

歴史上の人物のなかで、澁澤は第一に織田信長、次に好きなのが上杉謙信。信長のことを、「暴力と天才とダンディズムによって近世を切りひらいた、日本の歴史上にはまったく例を見ない人」と言い、謙信については、「現実感覚のまったくなく、一生涯、毘沙門天信仰の夢のなかに生きた人」と言っております。澁澤自身が好ましいと思う自分の性格を、二人のなかに見ていたのでしょう。信長や謙信は、その後もわたしたちのあいだでよく話題になり、しばしば京都に行く車窓から、伊吹山と安土山を見つけあっては喜びました。

京都といえばこんなこともありました。東福寺だったと思いますが、お坊さんがわたしたち一団の観光客に向かって、寺のことをあれこれ説明して、「この字は何と読むか」とか「この時代の天皇は誰か」などと質問するのです。歴史なんて得意中の得意だった澁澤が、ことごとく答えてしまうので、お坊さんが「きみは京大の学生かね」「いいえ東京大学です」と彼。自分自身で「東京大学です」なんて言ったのは、後にも先にもこれ一回切りですし、四十歳を過ぎてからの話ですが、彼は本当に学生のように若く見えました。ヨーロッパ旅行ではティーン・エイジャー夫婦と思われたり……。

家にいるときには、時間の観念のまったくない人でしたから、旅行するようになった最初のころはもう大変。朝、何時に発つとわたしが言っても、前夜遅くまで仕事をすることもあり、起きられません。結局その日の夜になって、最後の新幹線でまず京都に行って一泊、次の日からはさすがに気分も変わって、きちんと朝起きて、ようやく旅行が始まるのでした。

旅に出ると、彼はいつもすばらしいガイドでした。歴史、文学、美術、食事に至るまで、彼のようなガイドは二人といないし、感動を分かち合える人もいません。ですから彼の死後は、しばらく海外へ出かける気にならなかったのです。

最後の旅は、一九八六年四月、桜を見に京都へ行き、安芸の宮島から周防の山口へ足をのばしました。山口という町に澁澤は以前から興味をもち、一度は訪れたいと言ってました。と申しますのは、この町が大内文化の花咲いた古都であり、その大内氏のことを書きたいと常々言っていたからです。行きの新幹線で大内氏の歴史を新書本で読み、澁澤の講義もしっかり受けたわたしも、いっぱし大内氏通になった気分で、「『太平記』に出てくる婆娑羅《ばさら》趣味の大内弘世が好きだわ」などとはしゃいでおりました。澁澤は、「おもしろいのはたくさんいるけど、いちばんはデカダン大名の名をほしいままにした大内義隆。最後はホモ相手だった重臣の陶晴賢《すえはるかた》に殺されてしまうんだよ。義隆を書きたいいな」。そんな会話から、山口への期待がどんどん高まって行くのでした。

そんなわたしたちを町は裏切ることなく、夏にはホタルが飛び交うという一の坂川のほとり、両岸の爛漫の桜が、流れに影を落として歓迎してくれるかのようでした。

わたしは桜が大好きで、今でもその季節になるとソワソワと、京都原谷の紅しだれは咲いたかしら、御室《おむろ》の桜はどうかな、常照皇寺の御車返しの桜は今年はいい花つけるかしらなどと、ふらふらと桜見物に出かけてしまうのですが、このときの京都、宮島、山口の桜ほど、美しい花を見たことがありません。けれどこのとき、喉が痛いと旅の途中でも訴えていた澁澤の癌は、どんどん進行していったのです。

三島由紀夫さん

初めてヨーロッパ旅行に出かけた一九七〇年は、後になってみますと、澁澤にとって節目の年になったように思います。八月末に発ち、十一月の初めに帰国したのですが、その二十五日に三島由紀夫さんが自決するという事件がありました。

その日のお昼ごろ、種村季弘さんからの電話で、三島さんが自衛隊に突入したらしいと知り、あわててテレビのニュースをつけ、寝ていた彼を起こすと、びっくりして飛び起きたのですが、「やっぱり……」というようなことをつぶやいて、どことなく事件を予期していた様子もありました。動転しているわたしを見て、自分もそういうことをするのではないかとわたしが心配していると思ったのか、「ぼくはそういうことはしないからね」と言ったことをはっきりと思い出します。

しかし三島さんの死は、彼にとっても衝撃でした。それ以後、彼の書くものが変わった気がします。それまで、書けば必ず三島さんが読んでくれるという、期待感と同時に緊張感がありました。それが失われたことによって、澁澤の作品は、また新たな自由な展開を見せ始めたのだと思います。

三島さんとの交流は、一九五六年に彰考書院から刊行した『マルキ・ド・サド選集Ⅰ　ジュスティーヌ』に序文をいただいたことから始まったようです。自分で依頼するのは苦手なので、当時婦人雑誌の編集者だった妹の幸子さんに頼んで三島さんに電話をしてもらい、序文をお願いしたのです。そのとき三島さんは、「サドをやっていらっしゃるという珍しい方ですね。あれは名訳です」と快諾してくださったとのことでした。三島さんは鉢の木会の同人雑誌「声」の編集者として、澁澤の作品を載せてくださったこともありました。一九五九年のことですから、澁澤をもっとも早く認めてくださった方の一人でした。

このように澁澤の三島さんとのかかわりはずいぶん古くまで遡りますが、わたしが初めてお会いしたのは、結婚直前に澁澤と銀座の「ケテルス」で食事をしていたときのこと、ちょうど近くのホテルで歌舞伎脚本「椿説弓張月」を執筆中だった三島さんがやはりお食事にいらして、偶然にお会いし、紹介されました。その後結婚の報告をしましたら、お祝いにと、オルゴール付きの飾りテーブルを贈ってくださり、今でもその上に化石やくじらの歯や孔のあいた石やガラスの兎、大理石の球体などが所狭しと並べられたまま、ずっと応接間のコーナーに置いてあります。ご自分の字で「寿」と大きく墨で書かれた紙に包まれていたので、展覧会のおりにその紙を額装して出したこともありました。

二人で話しているときにも、友人たちとの談話にも、澁澤は何かにつけ三島さんのことを語りました。敬愛すべき先輩として、自分のよき理解者として、その文学や、ときには自分との資質の違いなどについて。事件の後、土方巽さんと池田満寿夫さんが、その死について尋ねにいらしたとき、澁澤は「その行為をすべて肯定する。友人だからだ」と言い切りました。

三島さんは彼にとって大きな存在でした。三島さんのほうでも澁澤に期待するところがあり、彼もその期待に応えようとしていました。それだけに、三島さんの死は衝撃で、直後に、彼は次のように書いています。

一九七〇年十一月二十五日、三島由紀夫氏が死去された。つい数時間前のことである。私は午後一時ごろ、友人の電話に起されて、この痛恨やる方なきニュースを知り、仕事も何も手につかぬまま、いま、この追悼の文章を草しはじめたところである。

悲しみというか、憤りというか、一種名状しがたい思いに、私の心は立ち騒いでいる。

三島由紀夫氏は、何よりも戦後の日本の象徴的人物であったが、私にとっては、かけがえのない尊敬すべき先輩であり、友人であった。お付き合いをはじめたのは約十五年以前にさかのぼるが、私は自分の同世代者のなかに、このように優れた文学者を持ち得た幸福を一瞬も忘れたことはなかった。その作品を処女作から絶筆にいたるまで、すべて発表の時点で読んでいるという作家は、私にとって、三島氏を措いて他にいない。こういうことは、たまたま世代を同じくしなければあり得ないことである。私のささやかな魂の発展は、氏のそれと完全にパラレルであったと言える。

三島氏の自決の報に接して、まず私が最初に感じたのは、「とうとうやったか……」という沈痛の思いであった。予期していたと言えば嘘になろうが、少しでも氏の最近の言動に関心をもっていた者ならば、今日の異常な最期は、あながち予測できなかったことではなかったはずなのである。（「三島由紀夫氏を悼む」）

同時に、解放される部分もあったのでしょう。澁澤はその後、さらに別の方向を切りひらいていったのですから。

一方で三島さんは、若き日の澁澤について、次のように書いています。

サド裁判で勇名をはせた澁澤氏といふと、どんな怪物かと思ふだらうが、これが見た目には優型の小柄の白皙の青年で、どこかに美少年の面影をとどめる楚々たる風情。しかし、見かけにだまされてはいけない。胆《たん》、かめのごとく、パイプを吹かして裁判所に悠々と遅刻してあらはれるのみか、一度などは、無断欠席でその日の裁判を流してしまつた。酒量は無尽蔵、酔へば、支那服の裾をからげて踊り、お座敷小唄からイッツァ・ロングウェイまで、昭和維新の歌から革命歌まで、日本語、英語、フランス語、ドイツ語、どんな歌詞でもみな諳《そら》で覚えてゐるといふ恐るべき頭脳。珍書奇書に埋もれた書斎で、殺人を論じ、頽廃美術を論じ、その博識には手がつけられないが、友情に厚いことでも、愛妻家であることでも有名。この人がゐなかつたら、日本はどんなに淋しい国になることだらう。(「澁澤龍彦氏のこと」『三島由紀夫全集』第51巻　新潮社)

ここで語られているサド裁判の最高裁判決は、一九六九年十月十五日でした。一審では無罪だったのが、最高裁判決は罰金七万円の有罪という連絡が、前日弁護士の方からありました。前日には、彫刻家の砂川ビッキさんなどの友人知人が家に集まり、夜中まで飲んで騒ぎ、翌日の判決には遅刻、すでに判決が下りていました。中村光夫さんや、ともに被告であった現代思潮社の石井恭二さんは出席していらしたのですが、遅れた澁澤は、テレビ局の人たちが映像がないと困るというので、裁判所に入るところを演じ、帰りに日比谷の松本楼で石井恭二さんとごはんを食べて帰りました。十年間に及ぶ、にぎやかなお祭りのような面もあった裁判の終わりにしては、秋の午後の淡い陽を浴びた静かなときでした。

吉行淳之介さん

一九四八年三月に、東京大学フランス文学科を受験して不合格だった澁澤は、六月に当時「モダン日本」などの雑誌を出していた築地の新太陽社でアルバイトを始めたのですが、編集部に上司として吉行さんがいらしたのでした。澁澤の自作年譜には「吉行淳之介と知り合い、翌年の春ごろ退社するまで、しばしば新橋、有楽町あたりのマーケットを一緒に飲み歩く」とあります。そのころ、おそらく最初に書いた小説を、彼は吉行さんに見ていただいたこともあったようです。

一九八一年の秋、『唐草物語』が泉鏡花賞に内定したとき、澁澤は受賞を断るのではないかとどなたも心配されたようですが、選考委員の吉行さんが、「今日は天気もいいし、いいんじゃないの」と選考委員の皆さんにおっしゃって、家に電話があったのでした。たしかにその日は秋晴れで、わたしたちは鎌倉の山にピクニックに出かけており、電話に出た義母は、受けるかどうかわかりませんと答えたそうですが、日が暮れてから帰宅した澁澤は、あっさり、お受けすると言いました。

石川淳さん

澁澤は石川淳さんを大先輩として、その人と文学を敬愛し、澁澤が責任編集した雑誌「血と薔薇」創刊のおりにも、いろいろとご相談したようです。石川さんも彼をよく理解してくださり、一九七一年に朝日新聞の文芸時評で、澁澤の『黄金時代』を大きく取り上げてくださったこともありました。お宅にもときには伺っておりました。

結婚してまだ間もないころ、銀座の展覧会場で偶然、石川さんにお会いしたことがありました。今はもうよそに移りましたが、当時は並木通りにあって、文学関係者がよく出入りした胡椒亭に、石川さんはわたしたちを連れていってくださり、店の主人に「これは澁澤というんだ。よろしく頼む」と紹介してくださったのです。澁澤はその店が気に入り、それからよく行くようになりました。

石川さんが家にいらしたのは、丸谷才一さんとご一緒のときでした。年譜を見ますと、一九七一年の九月十八日になっています。たしか『現代日本の文学18　石川淳集』（学習研究社）で澁澤が評伝的解説を書き、丸谷さんが月報で石川さんと対談をされ、そのお礼にと石川さんが鎌倉で二人にご馳走してくださり、帰りにお二人で立ち寄られたのです。澁澤はもともと文学論をたたかわせるようなことはあまりしない人でしたが、そのときもただ酔って騒いで、丸谷さんにどういういきさつかよくわからないのですが、「電話！」だの「違う！」だのと大声を張り上げるので、かつては酔っていくたの武勇伝を残されたさすがの石川さんも、「まあまあ澁澤」などと言ってなだめ役に徹していらしたのでした。

それからこんなこともありました。わたしたちは奈良方面に旅行するときは、たいてい奈良ホテルに泊まっていたのですが、あるときホテルのロビーで彼が石川さんにはがきを書いていたところ、後ろのほうで、最近文学がどうのとか、あの作品はいいとか、そんな話し声が聞こえてきて、だれだろうと振り向いたら、なんと石川ご夫妻じゃありませんか！ 文芸誌「すばる」編集長とごいっしょに取材旅行にいらしたらしいのです。あまりの偶然に驚き、「あっ、今、ちょうどはがきを書いたのでお渡しします」と、書いたばかりのはがきを直接お渡しして大笑いしたこともありました。

埴谷雄高さん

埴谷さんにはサド裁判のときにも特別弁護人を引き受けていただいたり、澁澤の病気のおりにはずいぶん心配してくださったりと、お世話になりましたが、澁澤が亡くなってからも、何かにつけておはがきをくださったり、慰めていただいたり、やさしいお心遣いをいただきました。心臓がお悪かったのですが、澁澤の没後、石井恭二さんに付き添われてわが家にいらっしゃいました。

書斎にご案内すると、当時そこに積んであった『高丘親王航海記』の資料を感慨ぶかげにご覧になり、「ここで書いたんだな、澁澤は」と言うと、机を抱きかかえるようにしていらっしゃいました。もう二度と来られないだろうと、そのときにお墓も訪ねてくださり、やはり澁澤の墓石をしばらく抱いていらしたことを覚えています。

一九七九年三月三十日のわたしの日記によれば、嵐のような日、現代思潮社の石井恭二さん宅で、石井さんが室町以前の形式による料理を作って会食するとあります。鯛づくしでなかなかおいしく石井さんの腕前に感心。また出席された埴谷雄高さんが、サービス精神よろしくさかんに座を盛り上げられたのにも感心しましたが、埴谷さんのほうはわたしの健啖家ぶりにびっくりなさっていらしたようです。

稲垣足穂さん

一九六四年に出た『夢の宇宙誌』の巻頭に、「わが魔道の先達、稲垣足穂氏に捧ぐ」とあるように、澁澤はずいぶん早くから、当時はまだ忘れられていた稲垣さんが好きでした。京都のお宅も何度か訪ねています。わたしがいっしょに伺ったのは、前に書いたように結婚する年の初夏のころでした。

澁澤によると、稲垣さんの奥様は、娼婦を更生させる仕事をしていらしたというのですが、千人の娼婦を救うより一人の稲垣足穂を救ってほしいと、ユリイカの故伊達得夫氏が奥様に頼んで、それで稲垣さんは結婚して、それまでの放浪生活から人並みの暮らしをするようになったというのです。真偽のほどはわかりませんが、澁澤はその話が気に入っていたようで、よく話していましたし、私もすてきなお話だと思っていました。

稲垣足穂、埴谷雄高、石川淳、三島由紀夫さんは澁澤がもっとも敬愛した先輩で「日本中の人がオレを認めてくれなくても、この四人が認めてくれればいいんだ」と言っていたほどで、一九七〇年に初めての著作集『澁澤龍彦集成』が刊行されたとき、推薦文をお願いしました。その推薦文があまりにすばらしく、彼もとても喜んでいましたので、ここに転載させていただきます。

垂直のエロテイシズム　三島由紀夫

澁澤龍彦氏はマルキ・ド・サドの飜訳によつて、有罪の人となつた。この荊棘の冠は十八世紀のフランス人サドが、時空の彼方から手をさしのべて、二十世紀の日本の一詩人に贈つた最上の贈物である。なぜなら一人の日本人として、原罪への関係づけを試みながら、神なしにこの企てをやりとげようと頑張つて来た澁澤氏は、さういふ逆説的な企図の一つの手がかりを、それによつてつかんだやうに思はれるからだ。畸形　流血　死にいたる情欲といふ、中世期風な荒つぽい嗜好と、衰弱、頽廃、崩壊、といふ十九世紀末的な薄明の貧血質的嗜好とを、併せ持つた澁澤氏は、日本的な水平のエロテイシズムではなく、西欧的な垂直のエロテイシズム、いはば天へあがき昇り、地底へあがき下らうとする三次元のエロテイシズムの持主である。その珍品佳什は昭和文学史の厚い退屈な大冊にはさまれた美しい茜の捺花であらう。

夜の觸發者　埴谷雄高

晝の生活に対する夜の思索は、本来、あらゆる文学者のもつ基本的な徴標な筈であるのに、私達にとっての遺憾は、暗い根源と窮極へ向っての本質的な飛翔者があまりにも少いことである。けれども、私達は必ずしもそれを深く嘆く必要はない。晝の固定した秩序に対する夜の反秩序、反道徳、反権力の觸發者がひとたび現われれば、それは必ず並はずれたずばぬけた質をもっている筈だからである。

蝶ネクタイのダンディズムが身につき、左手に悪魔の熔鉱爐であるパイプをつねに握りしめ、小柄ながら両肩を大きく振って歩いて向うから吹いてくる微風も強風も見事に二つに折ってしまう澁澤龍彥こそ、その鋭い觸發者にほかならない。彼は夜の異端の全体を一人でひきうけて、世界の先端の水準を悠然と歩くところの驚くべきほど精力的な研究者、小説家、紹介者として私達の前に立ち現われたのである。この全体的な觸發者をようやくもち得たことは、私達の深い喜びでなければならない。

花の魔術師　石川淳

西歐中世の學門藝術はもとこれ魔法のためにあつた。しかるに、後世のさかしらは文明といふ浮薄なことばのはうを好んで、魔法の名を剝いで、その實を盜み、悪人繁昌の元手をつくつた。わが澁澤龍彥君、つとに西歐神秘の風氣をよろこび、そのいまだ文明の害毒によごれざる源流にあそんで、學藝の精華を取つて日常の清玩とする。知識を積むは私利のためならず。俗中に花を散じて世の耳目の幸を富ましめること久しい。そのおこなふところ、坦として蕩蕩。君子人か。いや、いささか魔術師のおもかげが無いこともない。ときに袋をひらいて、それバヴアリアの狂王、それオーブリ・ビアズレー、それサド……なんとサドの德の地にあまねきことよ。澁澤君講究の功は揣らずも日本の裁判所の牛にまで感涙をしぼらせるに至つた。花の車はみにくき牛に曳かせるがよい。

読書界を裏返した男　稲垣足穂

澁澤龍彥は、彼の左の手袋をくるりと裏返して、これを元のように左の手に嵌めた。次に右の手袋をも裏返して右の手に収めた。注意すべきは裏返した手袋を相互に取換えたのではなく、裏返したままで同じ側の手にかぶせたという一事である。こうしておいて、彼は自らの仕事に取りかかったものに相違ない。なぜなら澁澤龍彦の名が世間に現われて以来、何かが、殊に読書界の嗜好が根本的に変ってきたと思われるからである。私はこれを「時間的思考」(風俗と人情)が「空間的思考」(オブジェと精神)と入れ代りつつある証左だと見る。

「われら世界の最頂上に立ち再び星々に向いて戦いを挑まん」

これは未来派のコトバだが、この予見のおどろくべき黎明にいま置かれているような気がしてならない。躍り出てまず澁澤龍彦集成全六巻を身辺に備えられよ。自身読むつもりもない全集物の提灯持ちをするような人間で私がないことは、先刻卿らが知っている通りである。

林達夫さん、大岡昇平さん

とくに深い親交ではなかったのですが、林達夫さんからはよくお電話をいただきました。澁澤とは興味の対象が重なるところがあったのでしょう、何かを尋ねてこられることが多かったようです。鵠沼の林さんのお宅を訪ねたこともありました。林さんは植物がお好きと伺ったので、ちょうどわたしが台湾から持って帰ってきた夜来香《イエライシャン》の花束をお持ちしたことを覚えています。そのときの訪問を澁澤は、林さんを論じた「エピキュリアン・リヴレスク」の末尾に付記しています。

私はその後、林達夫氏にお目にかかる機会を得た。ひょんなことからフランス・マニエリスム期に流行したエロティックな詩の形式Blason（本来は紋章の意）について調べはじめた私が、そのことを氏にお伝えすると、氏はさっそく、最新の手頃な参考書としてアルベール・マリー・シュミットやミハイル・バフチンのそれを挙げられ、私は喜んでそれらの書物を拝借するために、鵠沼のお宅へ伺ったのである。氏はヨーロッパ旅行の思い出を楽しそうに語っておられた。（『偏愛的作家論』青土社）

大岡昇平さんからもよくお電話をいただきました。やはり澁澤に何かを尋ねられることが多かったようです。大岡さんも何かに書いていらしたと思いますが、澁澤がまだ小町の傾きそうな家にいたころ、サドのことを尋ねにみえたことがありました。笑い話のようですが、今日出海さんから、サドのことを道楽で研究している金持ちの坊っちゃんがいると聞いて、訪ねてみえたのです。今さんの奥様と澁澤の母が知り合いだったため、そんな話がうまれたらしいのですが、大岡さんは、その倒れそうな家の戸をガタピシ開けて入っていらしたというのですから、どんな金持ちの坊っちゃんかと思ったことでしょう。

吉岡実さん

澁澤は吉岡さんの詩を高く評価していて、吉岡さんのほうが年齢は上だったのですが、その関係は親しい気心の知れた友人という感じでした。それは吉岡さんの人柄にもよるのでしょう。好奇心旺盛で、ポルノ大好き、あの大きな目をして関心を示す様子は、まるで無邪気そのもののようでした。だからといってポルノ好きのいやらしいオジサンを想像しないでください。まったく反対の清々しいきりっとした方でした。家にも遊びにみえたり、土方巽、池田満寿夫さん（吉岡さんはこのお二人ととても懇意になさっていらした）のお宅などでもよくお会いしたものです。澁澤は、吉岡さんについて、こう書いていています。

いつも真っ白なワイシャツに趣味のよいネクタイをして出版社に勤務し、コーヒーを好み、小鳥を飼い、書画を愛し、奥さんと二人でひっそりとマンションに暮らしている吉岡実さんが、現代日本でいちばん不道徳な、いちばんエロティックな、いちばんグロテスクな、いちばん犯罪的な、いちばん……まあ、このへんでやめておこう……詩を書く詩人だということを知ったら、果して世間のひとは驚くだろうか。ふと、私はそんなことを考えてみる。

しかし驚くことは何もないのだ。だって、エロティックな詩を書く詩人が、必ずしもエロティックな生活をしているとは限らないではないか。そんなことは当り前のことであり、そもそも生活と詩とは、一緒にならないものなのである。それに、前の文章ではわざと書かないでおいたのだが、コーヒーを好む吉岡さんが、また同時に、ストリップやポルノ映画の愛好家であったとしても、べつに矛盾したことにはならないのである。(中略)

私は数年前に、吉岡さんから大きな拳玉《けんだま》をもらったことがある。どういう経緯から、吉岡さんが私に拳玉をくれることになったのか、今では全く失念しているけれども、いまだにわたしの眼底にありありと焼きついているのは、この拳玉を操る吉岡さんの、まことに鮮かな手つきと、得意然としたその笑い顔なのである。

右足を軽く一歩前に踏み出し、右手に拳玉の柄を握り、糸の先についた重い球体の遠心力をうまく利用して、虚空に球体をぶーんと半回転させながら、とがった柄の先端に、穴のあいた球体をすぽりとはめこむ吉岡さんの技術たるや、百発百中、まさに神技と呼ぶにふさわしいものだった。(『偏愛的作家論』青土社)

種村季弘さん

澁澤のことを、伝説的な文学サークルの主だったとか、友人を集めたがり、澁澤一家、などとおっしゃる方もあるようですが、それはちょっと違うように思います。澁澤自身は、野暮ったいと思っていたのか、「友情」や「友達」について云々することはあまりありませんでした。

むしろ、たとえひとりきりであっても、ことさらに寂しいとは感じないタイプの、孤独をいとわない人だったのです。気がついたら、いつのまにか周囲に個性的な方々が集まっていたというのが真相だったと思います。

とくに五十を過ぎた晩年に至ってからは、人と接する機会が少なくなり、数日間面会謝絶状態にして、執筆に専念するようなこともたびたびでした。自分に残された時間が少ないという予感がどこかにあったのでしょうか。「持ち時間が少なくなったから」とよく言っておりました。

澁澤と種村さんとのお付き合いは、わたしが澁澤と知り合う以前からのことですが、二人の交わりがことに密になりだしたのは、むしろ、彼が人との付き合いを減らした、そんな晩年に入ってからのことだったと思います。

澁澤は種村さんよりはいくらか年上でしたが、文学や書物については、ほんとうによく話が合ったようで、お互いに家を行き来して、「こんな本がある」とか「これを読んだか」といったような会話がしきりに取り交わされたものです。出不精な澁澤が植木市だ貴船祭りだといっては、大磯や真鶴のお宅に伺っていましたから、やはり仲良しだったのでしょう。

もっとも、書物や文学論にばかりふけっていたわけではありません。お酒が入れば談論風発、澁澤は軍歌を歌い、種村さんはだんだん声が大きくなって、それこそ香具師《やし》の口上のような調子で、面白おかしい話をまくしたてます。

実際、種村さんはあきれるほどさまざまの消息に通じていらして、文学に限らず、種村さんからはじめて教えられたことが多々ありました。そんなせいか、わたしたちのあいだでちょっとした噂話が話題にのぼると、澁澤はよく「それはタネムラ情報だな！」と言っておどけたものです。

　それから、種村さん、出口裕弘さん、巖谷國士さんの各ご夫妻とともに伊豆や会津に旅行したことも懐かしく思い出します。これはほんとうに楽しい旅で、澁澤が五十を過ぎたころから、みんなで年に一度温泉に出かけたものです。彼も含めて大の男四人が、まるで小学生の遠足か中学生の修学旅行のようにはしゃぎまわり、種村、巖谷、澁澤は血液型がO型で出口さんだけA型というので、「なんでA型なんだよ、おかしい」などと、もっぱら出口さんがイジメラレ役。まったく他愛もない話に澁澤がおなかをかかえて「苦しい、笑い死にしそうだ、助けて！」と言えば、それを見てみんながまた大笑いしたり……。

　澁澤が亡くなってから数年のあいだ、いろいろな方が彼についてお書きになりましたが、公私ともにもっとも親しい間柄にある文筆家のおひとりだったといえる種村さんが、澁澤について本格的に取り組もうとされることはありませんでした。「龍子さんは不思議に思うかもしれないけど、今はみんな、まるで二〇三高地をめざすように澁澤さんについて書いている、こういうときはおとなしくしていたほうがいいんだよ」というようなことをおっしゃっていましたが、鋭い澁澤論をいくつも残してくださいました。

奥様の薫さんとは今も仲良くさせていただき、よく真鶴に伺ったのですが、薫さんとおしゃべりしていると、仕事が一段落した種村さんが書斎から出ていらっしゃり、今度は種村さんと、お酒を飲みながら二人とも大声でおしゃべりを始めます。その間、ときどき口をはさみながら、薫さんがおいしいお料理を次々に出してくださるという幸せな時間が、たびたびありました。

澁澤亡き後、種村さんにはほんとうにお世話になりました。心根のお優しい方で、些細なことにも心配りをしてくださり、どんなに助けられたかわかりません。今、百万の味方を失ったような気持ちです。

土方巽さん

私が土方さんと初めてお会いしたのは、前にもお話ししたとおり、澁澤と結婚する前、京都の稲垣足穂さんをお訪ねしたときですが、その後赤坂のディスコでのお弟子さんたちのショーや、土方さんの公演があったりと頻繁にお会いしました。わが家にもしばしば訪ねてくださり、加藤郁乎さんをまじえて酒宴は延々と続き、奥様の元藤燁子さんが迎えにいらしてもまた奥様だけお帰りになってしまい、その後何日も続いたこともありました。

澁澤は土方さんの死に涙してましたし、葬儀委員長も務めたほどですから思い出はたくさんありますが、わたしの一九七〇年十一月二十七日の日記に次のようにあります。

「夕方から出かけ、土方巽夫妻と品川駅で待ち合せ三島宅にお焼香に行く。門はぴったり閉まり、パトカーが警戒して入る人をチェックしている。名刺を出して入れてもらう。祭壇は小さな写真とまわりに贈られた花だけの寂しい感じ。お花を持って行く(このときは三島さんのお母さまが迎えてくださり、夫人とはお会いしませんでした)。帰り土方さん宅に寄り飲む。二時頃高橋睦郎さんと堀内(誠一)さん来る。睦郎さんは大変なショックを受けて打ちひしがれている」

また澁澤は土方さんとの交流を次のように書いております。

土方巽とはじめて会ったのは、六〇年代のごく初めで、私を彼に引き合わせたのは、いまは亡き三島由紀夫であった。たしか第一生命ホールの楽屋だったと記憶している。そのとき土方巽はジェームス・ディーンのように頭を短く刈って、半裸の上半身の下にはタイツをはいていた。あまりしゃべらず、二言三言、私たちはことばを交わしたにすぎない。しかし、このとき以後、私たちは急速に接近するようになり、そのころ横浜に住んでいた土方巽は、しばしば鎌倉の私の家にふらりと現われるようになった。このとき以後、いったい何度いっしょに酒をのみ、何度いっしょに議論したことであろう。私の六〇年代および七〇年代は、土方巽の影によって

塗りつぶされているといっても過言ではないのである。（『澁澤龍彦全集22』河出書房新社）

多田智満子さん

多田さんとは矢川澄子さんなどとともに、ずいぶん昔からの知り合いでしたが、最後まで親しくお付き合いのあった方でした。わたしも神戸のお宅に伺ったこともあり、「この辺で案内するところといったら山口組のお屋敷ぐらいかしら」とわざわざご自分で運転し、黒い背広のコワイオニイサンたちが角々に立っている家の周りをぐるっと回ってくださったり、また多田さんがこちらにみえたおりに、家にお泊めしたこともありました。朝食に、わたし流でベーコンを一口大に切りフライパンに並べてかき卵でとじたのを出しましたら、「ここのベーコンエッグは手が込んでるわね」と感心されたのをいやにはっきり覚えています。

葬儀の後、澁澤の骨壺といっしょに高橋睦郎さんたちとわが家に帰ってきてくださったのも多田さんでした。その後もご著書を送ってくださったり、お手紙をいただいたりと、お心にかけていただきました。彼の思い出を多田さんはこうお書きになっています。

澁澤さんはいつも私の本をよく楽しんで読んでくれて、新著を送ると必ずなにか感想を記した手紙をくれるのであった。最後に、一昨年秋の大手術の直後に『祝火』という詩集を送ったときには、まさか自筆の手紙をもらえるとは夢にも思っていなかったのに、『幻術の塔』が特におもしろかった、と、例の特徴ある筆跡が、寝て書いているため少しゆがんで、それでもちゃんと封書で、礼状が届いたときにはさすがに涙がこぼれた。(「『未定』このかた」『十五歳の桃源郷』人文書院)

池田満寿夫さん

池田さんとは、もちろんわたしが結婚する前からの長いお付き合いで、何をしても憎めない、あっけらかんとした弟のような存在だったのではないでしょうか。「マスオ、そんなことも知らないのか」「この字読んでごらんよ」「マスオはバカだなー」など本人を前にしてこんな調子でした。満寿夫さんも澁澤には何と言われても「知らないんだもん」とニコニコしているのです。澁澤の言葉に愛があって毒がないことをわかっていらっしゃったからだと思います。

池田さんのほうでも澁澤を精神的支柱にして、何かにつけ自分には澁澤がついているというような気持ちがあったのではないでしょうか。亡くなった後、「土方巽と澁澤龍彦がもっと生きていてくれたら、今の日本の文化を変えられたのに……」と悔しがっていらっしゃいましたから……。

お正月はいつも家で過ごすのですが、亡くなる前の年は大晦日から元旦を熱海の池田さんのお宅で過ごし、陽子夫人の手料理を楽しみました。澁澤が亡くなってからも満寿夫さんには本当にやさしいお心遣いをいただきました。

「龍子さん、一年過ぎたら再婚してもいいよ、まだ若いんだもの」(あっ、わたしは若い未亡人だったのですね）「すぐになんてはやめてね、澁澤さんがかわいそうだもの、許さない！」なーんておっしゃってましたが……。

堀内誠一さん

堀内さんにわたしが初めてお会いしたのは、一九六九年銀座の個展会場。その日澁澤が来ると言ってたのに待てど暮らせど現われず、待ちぼうけを食わされた一人が堀内さんで、「今日はもう澁澤さんは来ないよ、ごはんでも食べに行きましょう」と誘ってくださったのです。前にも書いたように、わたしは怒り心頭だったのですが、堀内さんはまったく気にするでもなく、そこにいた何人かの人たちとワイワイと盛り上がって、おかげでわたしも楽しい食事になりました。

堀内さんはすでに十数年来のちょっと年下の親しい友人でしたが、わたしたちが結婚した翌年の一九七〇年三月に「アンアン」が創刊され、その天才的アートディレクターだった堀内さんの依頼で、シャルル・ペローの童話の翻訳を連載したことから頻繁にお会いするようになり、よく家にも泊まられました。もっとも六八年に澁澤が責任編集したあの伝説的雑誌「血と薔薇」も堀内さんがアートディレクターですから、すでにそうとう緊密なお付き合いだったのでしょうが……。

一九七四年からパリに住まわれた堀内さんからは、絵入りアエログラムの手紙が届くようになりました。手紙魔と化したのではと思うほど、今ちょっと取り出してみてもその厚さが十センチ以上にもなります。それはご自身でもおっしゃっているように、デザインや絵本の、仕事としてやってきた作品よりも、ずっとのびのびと楽しげです（一九八〇年『パリからの手紙』として出版されています）。

一九七七年六月、一か月ほどフランスに滞在したときから、堀内誠一、路子夫妻とは旅のお友達になり、その年一年間をパリで暮らしていた高等学校からの親友出口裕弘さんも加わって、南仏からバルセロナへ行ったり、一九八一年のギリシアのテッサロニキ、クレタ島をご一緒し、クノッソス宮殿近くのガーデン・レストランでの昼食風景は、堀内さんが得意のスケッチで『堀内誠一の空とぶ絨緞』にも紹介されています。

旅での堀内さんの特徴といえば、日本ではあんなにタクシーに乗っているのに外国ではタクシーを極力使わないことで、どこに行くにもすぐタクシーに乗りたがる澁澤とはその一点では意見が合いませんでした。

澁澤との旅を堀内さんは次のように書いていらっしゃいます。

実は、先ず澁澤さんは働き者である。我ながらバカみたいに働き者の私が言うんだから間違いない。例えばイタリアを一緒に旅行している時なんか、「明日があるから……」と興に乗って度を過しそうな一歩手前でピタリと酒を止めるのである。「バカンスなんていうけどさあ、堀内君もそうだろうけど日本人は皆んなモーレツ社員と同じなんだよ、遊んで休んでたことなんてないんだよ」日本でだと、この話で朝まで飲んでしまうこともあるが、海外滞在は一種の取材だから早く寝てホテルの朝食時間が終らないうちに起き、シャワーもウンコもちゃんと済ませて前日立てた予定通り行動を開始する。妻はほとほと「旅行中の澁澤クンはとてもいい子ね」と感心していた。もっともラテン国では午前中に稼いどかないことには午後はお寺も美術館も閉まってしまう。

また、スペインのフィゲラスにあるダリ美術館を見に行ったときの様子を、こんなふうに書いていらっしゃいます。

その夜、料理屋でエビのほかに牡蠣を食べたくなり、牡蠣のスペイン語が分らないから何時もの手で絵を描いて見せたが通じない。そしたら、澁澤さんがよし俺がやってやると描き始めると、そのほうが通じた。澁澤さんはちっちゃな貝がだんだん大きく成長していくように輪をいくつも重ねて示したのである。そのほうが正確だ。けれど、折角通じたのに牡蠣は無かった。(「國文學」一九八七年七月号)

ほんとうに澁澤は絵が上手で、犬や猫の動作など、その特徴を的確につかみ、「画家って絵が下手だよね」と、いつも言っていました。

そんな堀内さんが、澁澤と同じ時期に同じ喉に腫瘍ができ、澁澤が亡くなってわずか十二日後に、後を追うように亡くなられました。堀内さんは手術をせず、一時よくなったように聞いていたのですが……。たびたびお見舞いにも来てくださり、あるとき、病室で二人は死について延々と語り合って、もちろん澁澤は筆談で、「まっ我々は死を見ちゃったからもう分ったし、怖くもないね」という結論でしたが、わたしは再発して重病の床にある澁澤と、元気になった堀内さんというふうに思っていましたので、こんな病室でどうして死について話さなければいけないの、といやな気がしたことを、今でもはっきりと覚えています。後に路子さんから、肺に転移して入院なさったとうかがい、同じ状態にあったことを納得しました。

お正月

毎年仕事は三十日まで、一日から五日まではお正月休み、仕事始めは六日からという、今思えばずいぶん勤勉な生活だったと思います。たとえばわたしのメモ風日記によれば……。

一九七六年のお正月

大晦日、お正月準備に忙しいわたし。お掃除やらおせち、お客様のための作り置き料理、お雑煮の鶏ガラスープはストーブにかけておき、お煮しめやローストビーフ、わかさぎのマリネなどを作っている。彼は今年一年間でたまった書類を落葉といっしょに燃やしたり、書斎に積み上げられた雑誌や単行本を整理。新年を迎えるなんとなくウキウキした様子。朝起きるのが遅いのでわたしの方は夜になっても終わらない。

そんなとき

「ウォーン」と犬の遠吠え。だんだん近づいてくる。

「あっ、松山さんだ！」

そうなんです。インド哲学者の松山俊太郎さんがもういらしたのです。まだ準備中ですが、このままお正月に突入です。

「こんばんは、エヌです」（イヌをこう発音する）とニタッと笑って、着物姿の松山さんが玄関に入っていらっしゃると、もうお正月モード。そのまま飲んでいると、十二時過ぎ池田満寿夫・リラン夫妻が吉田秀和さんの雪の下のお宅から歩いてやって来て三人泊まる。

一月一日は暖かくよい天気。お昼ごろ、加藤周一さんが吉田秀和さん宅からの帰りお寄りになり、六人でおせちとお雑煮を食べる。当時池田夫妻は、吉田秀和、加藤周一さんと親しく、澁澤と加藤さんとは初対面でしたが、二人が家にいるというので寄られたわけです。牢名主のようにどっかり胡坐をかいて「チャンコロ」などと超右翼的発言をして煙にまいている松山さんに、加藤さんはすっかり驚かれて、「いったいあの人は何者なんですか」と、後で池田さんにおっしゃったらしいです。

松山さんはご自分のことを「僕はイヌです」「ネコは捕えて皮を剝いじゃう」なんておっしゃるので、たいていの人はびっくりします。それにオッパイ大好き、お正月中「オッパイオッパイ」と騒いでいて、澁澤に「松山、いいかげんにしろよな」なんて言われてもまったくメゲません。蓮の研究が御専門ですが、そういう真面目な話は一度も伺ったことがありません。もっともわたしに話しても無駄ですけれどね……。

リランと加藤さんは三時ごろお帰りになる。義妹の萬知子夫妻、矢野一家来宅。

一日は例年、義妹たちが集まりました。幸子さんはたいてい暮からお正月を我が家で過ごし、義母とともに新年を祝う。澁澤が亡くなって三年して母も亡くなり、今は三日に義妹たちが集まります。

引き続き池田、松山さんは泊まっている。

一月二日、まだお雑煮食べないうちに土方巽一家、芦川羊子さん来宅。夫人の元藤さんと子どもたちが帰るとき、唐十郎、四谷シモン、桑原茂夫さんが魚作（北鎌倉の家に出入りしている魚屋さん）の生きたハマチを一匹買って来宅。内藤三津子さん（薔薇十字社）、西村孝次さん（英文学者）をつれて来宅。高橋睦郎さんがエジプトに行っているとかで、辻留（高橋さんの友人で後に澁澤もひいきにした酒飯「庖正」のご主人の原さん。このころ「辻留」で修業中で、よくおいしいおせち料理を高橋さんと届けてくれた）がお料理を届けてくれる。

唐さんと芦川さんの「獅子舞」で電気スタンドが折れてしまう。とありますから相当激しい二人の獅子舞だったのでしょう。

西村さんとても喜んで酔っぱらう。小林秀雄さんの従兄弟である真面目な英文学者から見ると、こんな雰囲気は驚きでもあり楽しかったのでしょう。シモン、松山、土方、池田、芦川さん泊まる。

一月三日　土方、芦川さんは早朝帰る。シモン、松山、池田さんに朝食。三時過ぎに帰る。

この間、ほとんど寝てなくてすごく疲れたとありますが、四日間も、わたしも若かったんですね。一級身障者の今ではとてもできません。

一九七九年は、堂本正樹（演劇評論家で演出家でもある堂本さんは、澁澤が戦後から住んでいた小町の家の近所にお住まいで、ふだんはあまり行き来することもなかったのですが、お正月は毎年いらして、お酒をまったく召し上がらないけれど、きゃっきゃっとしゃべる珍しい方でした）、加藤恭一夫妻（マガジンハウス編集者）、松山夫妻、種村季弘、西田（平凡社）さんなど来宅。この年から松山夫妻になっていますが、松山さんがめでたく結婚され、美しい文子夫人ときっちりしたお着物姿で新年のご挨拶にいらっしゃる。なんとも初々しい、いかにもお正月らしい風景でした。

夜八時過ぎ、高橋睦郎、竹本忠雄（わたしたちが一九七〇年、最初のパリ旅行で、当時パリに住まわれていて大変お世話になったアンドレ・マルローと親しかった高橋さんの友人）、金子國義、シモンさんなど来宅。ワインを飲むが彼あまり飲まず（いつも本人がいちばん飲んでベロベロに酔ってしまう）、ローストビーフなどは評判よくなく、わかさぎのマリネなどが好評とある。

一九八〇年ごろから、種村夫妻、松山夫妻、加藤恭一夫妻、三門昭彦（二見書房、バタイユ全集の担当編集者）と夫妻での来宅が増える。

一九八一年。この年は大晦日から京都「柊家」でお正月を過ごすことになりました。なんだかマンネリ化したので、たまには家を離れようということになったのです。

「柊家」に夕方着き、御飯を食べてレコード大賞や紅白歌合戦を少し見る（ふだんテレビを見ないので、澁澤には初体験）。十時ごろから八坂神社におけら火をもらいに出かける。時間が遅くなるに従って押すな押すなの人出になってくる。帰りは「大黒家」でおかめうどんを食べる（彼はもともとおそば好きなのですが、おつゆがおそばに合わないと、関西ではけっしておそばを食べませんでした）。火を消さないようにぐるぐるまわして、やっとお宿まで持って来ましたが、玄関に番頭さんが控えていて、おけら火はお取り上げ。

一月一日　うららかな快晴

おとそと白味噌のお雑煮。丸もちがそのまま入っているし、関東風（鶏ガラでスープをとり、お醬油味。具は鶏、小松菜、里芋、なるとと、おもちはもちろん四角で焼いて入れるわたしの実家とまったく同じでした）しか食べたことがないわたしたち。「でも意外にいけるね。おいしい」と京風お雑煮に満足。

十時ごろから出かけ（なんと早いこと！）、宝鏡寺から建勲神社、今宮神社にお参り、名物あぶりもちは並んでいたので食べず。一度宿に帰って、神泉苑、西本願寺から島原とよく歩いた。

いつも書斎にとじこもって昼夜逆転してるような人が、旅に出ると不思議に早起きで、まあよく歩きます。きゃしゃな身体でも足はとても丈夫でした。運動オンチで、キャッチボールだってわたしの方が上手なくらいでしたが、マラソンは強くて、高等学校時代、全校マラソンで十一番になって下駄をもらったことをずっと自慢していましたから……。

夜年賀状を書く。

一月二日　快晴

この日もゑびす神社から八坂ノ塔、珍皇寺、六波羅密寺から豊国神社へ、お昼を食べて泉涌寺に行き、来迎院、今熊野観音など歩く。さすがに今日は、足が痛いという。夜、年賀状の続きを書く。

一月三日

タクシーで周山街道から山国の常照皇寺へ。

彼は開基、光厳天皇に興味があったこともあり、このお寺が大好きで、春の艶やかなしだれ桜や御車返しの桜のころ、秋の紅葉と四季折々に来ましたが、誰もいない、風花の舞うこの冬の常照皇寺は、ほんとうに美しく印象的でした。

平八茶屋本店でぼたんなべを食べ、最終の新幹線で鎌倉に帰る。

一九八二年からまたいつものお正月。八六年、亡くなる前の年は、変則的に大晦日から元旦を池田満寿夫宅で過ごし、二日は高橋睦郎、野中ユリ、シモン、加藤夫妻、三門夫妻など来宅。シモンは泊まる。

三日、三人でお雑煮を食べ年賀状を出して浄智寺を散歩。

エッ！　お正月に散歩などしたことがなかったのに、どうして浄智寺へ?。翌年十一月八日、この地に埋葬されてしまうなんて誰が想像できたでしょう。

六時ごろ、堂本さん、友人をつれて、八時ごろ松山さん来宅。彼は疲れていてあまり気勢が上がらない。

一九八七年、最後のお正月

下咽頭癌の手術を受け、暮の二十四日に退院し静養中。三十一日にムッローさんが「庖正」のおせちを届けてくれる。御主人、原さんからのお見舞いとのこと。

元旦は日本酒と「庖正」のおせち。わたしはおいしくてパクパク食べるが、彼はほとんど食べられず。二人で年賀状を書く。誰も来ないお正月、静かだけど、彼の病気のせいかやはり寂しいとあります。

日記帳をちょっと覗いてみると、十七回のお正月の折々の光景がパッと目に浮かびます。

そういえば、松山さんは澁澤家のお正月の主みたいな人だったけれど、四谷シモンさんは皆勤賞じゃないかしら。

この応接間の天井には澁澤によく似た天使の人形が舞い、書斎には執筆中の彼を見つめていた少女の人形が、今も変わらない眼差しで、静かにたたずんでいます。いずれも四谷シモンの作品です。シモンにとって澁澤はインスピレーションの源だったのでしょう。澁澤もシモンの直感的によいものがわかる感覚にいつも感心しておりました。

彼の亡き後もお芝居を見たり、おいしいものを食べに行ったり、また展覧会場などでお会いする機会も多いのですが、亡くなった直後は澁澤の思い出話をしては、二人でよく泣きました。シモンが酔って泣き出し、わたしが慰めるといったパターンも多く、泣いてる男を女が慰めるという光景に、お店の人も不思議に思ってかチラチラ見られたことを思い出します。今は明るく澁澤を話題にできるようになりましたが……。

高橋睦郎さんは、いつもきちんとご挨拶をなさるといった印象があり、これはお正月だけのことではないのですが、「ムッローさんて、とっても礼儀正しい人なのね」と澁澤に言ったこともありました。高橋さんはほんとうに気持ちがいいほどよく召し上がる方で、「今日はムッローが来るぞ、うんと作っておけよ」とそのたびに彼は、わたしに注意します。

澁澤は高橋さんの才能を高く評価しておりましたし、『十二の遠景』を出された後は、小説のほうへ向かわれるのではないかとも言っておりました。三島由紀夫さんが亡くなられて、小説家高橋睦郎にとって大きな後ろ盾を失ったと残念がってもおりました。

世田谷のお宅にも吉岡実夫妻やシモンさんとご招待され、手料理をご馳走になったこともありました。しかし、ご親戚もいらっしゃる五島列島を案内してくださる旅も、澁澤の体調が悪く延び延びになったままでしたし、逗子の新しいお家にも伺えませんでした。

彼が亡くなってからも、細やかなお心遣いでずっと支えていただいております。一九八七年の暮れには「今、澁澤さんのお墓にお供えして食べていただきました」と「庖正」のおせちを届けてくださり、喪中の寂しいお正月でしたが、ぽっと明るい灯がともったような気持ちになって、義母と義妹の幸子と三人でいただいたことを今も忘れません。

赤いカーテンの奥に、あられもない格好をした二人の裸の乙女、その後ろにまりに乗った少女たちが並んでいる、金子國義さんの不思議な大きな絵が応接間にかかっていて、ガラス戸の赤いビロードのカーテンと一対になってこの部屋の雰囲気を高めています。金子さんの絵をもっとも早くから好んでいたのは澁澤だと思いますが、ご本人も華のある方で、金子國義様ご一行がいらっしゃると、いっぺんに場が艶めきます。

彼の亡き後、一九八九年からは正月二日に決めて、まるで澁澤がそこにいるがごとく、また空気のようにもなった空間で、相変わらずよく飲み、食べ、しゃべって盛り上がっています。八九年に集まったのは、金子國義、高橋睦郎、池田満寿夫、李麗仙、元藤燁子、野中ユリ、岡崎球子さんなどです。そのうち満寿夫さん、土方夫人だった元藤さんも今はかの地に去ってしまわれました。

そして四谷シモンさんや合田佐和子さんなどもご常連で、その年どしに入れ替わりいろいろな方がおみえになっています。今年は佐野史郎、真希ご夫妻が「今鎌倉のパークホテルに泊まっているから」とお嬢さんの八雲ちゃんをつれてみえたりと……。

こうしてお正月ばかりではなく、生前の澁澤と交友のなかった方々もこの家を訪ねてくださるのは、きっとまだ彼の魂が住んでいて皆さまを歓待しているからでしょう。

発病

五十歳を過ぎたころから、澁澤は「持ち時間が少なくなった」としきりに言うようになりました。もともと人と会うことが好きだった人が、むやみに会わなくなり、外出も減って、「時間がないのだから本当にやりたいことだけやるよ」と原稿依頼もずいぶんお断りするようになり、ときには面会謝絶、電話にも出ないという状態で執筆に没頭し、文芸誌に毎月短篇を発表しました。なにか物に憑かれたようで、一篇を書き上げると、とても消耗して見えました。

いずれも四、五十枚のものですが、毎月書くのはかなり大変で、わたしも緊張してしまいます。澁澤が眠っているときも、仕事をしているときもじっと静かにして、ケンカなどしないように気をつけます。こんなとき怒らせたら大変、「オマエのせいで書けなくなっちゃった」「オマエが悪い、オマエが悪い」で一日終わってしまい、本当に一日損をしてしまうのですから。いかに執筆のためのよい環境を作ってあげるかがわたしの仕事のようなものですし……。

それでも「毎月毎月、あなたちょっと書き過ぎじゃないの」と言ったことがあります。これには怒られました。「書き過ぎというのは、筆が荒れてるということだ。俺はそんなの一篇だって書いてないぞ」。「ごめんなさい」と言うより仕方ありません。

澁澤が体調の不良を訴え出したのは、一九八四年の九月ごろから、頭痛がして気分が悪いと寝てしまうことがたびたびありました。頭のことなので、このときはさっそく友人が内科にいた慈恵医科大学病院に行き、CTスキャンや脳波の検査をしてもらいましたが、異状なしとのこと。血流が悪いためだろうと、血流をよくする薬をもらいましたが相変わらず具合が悪い。

十二月中旬、フランス映画社の試写で、ビクトル・エリセの「ミツバチのささやき」を銀座へ見に行ったときも、途中で気分が悪くなり、近くのレストランで作ってもらったウィスキーの水割を飲み、肩をもんだりしてやっと試写を見終わるようなこともありました。でもそれも一時的で、帰りには試写でご一緒になった山口昌男、川喜多和子、平出隆さんとすぐ近くの青木画廊に寄り、四谷シモン展を見ました。結局この映画が、彼の見た最後の作品になってしまったのです。

そんな状態が一九八五年の六月ごろまで続き、今度は喉が痛いと言い出して、「頭からだんだん下がってきたのかな」と、頭痛や不快感よりこのほうがまだいいかなと、最初はのんきにかまえていたのです。

最後の山口への旅行（一九八六年）でも、喉が痛いとしきりに訴えておりました。旅行から帰ると、澁澤は「文學界」の連載『高丘親王航海記』第五回「鏡湖」を書くわけですが、その中に、親王が鏡のように澄んだ湖水のおもてを覗いて、自分の顔がうつってなければ一年以内に死ぬという個所があります。親王はふと何の気なしに覗くのだけれど、自分の顔のうつっていないのにどきりとする。どきりとしたのは親王よりわたしのほうで、清書をしながら胸騒ぎがして、不安になったものでした。

喉が痛いと言いながらも、八月の暑い盛り、これが最後の散策になってしまったのですが、「週刊住宅情報」の記事のため、高梨豊さんが写真を撮りながら、子どものころ住み、学び、遊んだ駒込周辺を歩きました。

何もかも昔と変わってしまった町並みにがっかりしていましたが、中里橋から富士見橋へとつづく坂道の途中に、昔ながらのカラタチの垣根が残っていて、青い実をつけているのを発見したときはとても喜んで、パッと顔が輝きました。最後の散策が小さいころ住んでいた街とは、なんという偶然でしょうか。

そのとき、高梨さんが撮影してくださった写真を見ると、あきらかに痩せて、やつれていて、胸が痛みました。

一九八六年九月六日、喉の痛み、咳が激しくなり、慈恵医科大学病院で診察を受け、悪性腫瘍の疑いがあり即入院を告げられました。彼は一言「早く来ればよかったね」と言って黙ってしまいましたが、そのときのショックはどんなだったのでしょう。それでもいったん家に帰ると、すぐに連載していた『裸婦の中の裸婦』第九巻「両性具有の女」を書き上げ、翌日「文藝春秋」に送りました。その文章にまったく乱れはなく、いつものとおり。それがかえって悲しくもありました。

澁澤はその数か月前から、喉が痛むと鎌倉の耳鼻咽喉科病院に通っておりました。少しもよくならない、と病院を変えたりし、診察のとき、彼は「悪性のものではありませんか」と医師に尋ねていました。その都度、心配はないと言われ、安心しているようでした。診察では、ポリープとか咽頭炎などと言われ、それを信じ半年以上も治療に通っていたわけで、その間に癌は進行の速度を速めていったのです。

数か月通った鎌倉の芋川クリニックでは、声帯ポリープの手術をして組織を検査にも出したのに癌がわからなかったのです。後に専門の医師が「鼻の頭の御飯粒だって見落とすような医者はいますよ」とおっしゃってましたが……。

九月八日、慈恵医科大学病院に入院したその日、気管支切開をし、彼は声を失いました。そして精密検査の結果、下咽頭癌と診断。わたしは、もしか……と覚悟はしていましたけれど、やはり天地がぐるぐる回るような強い、激しい衝撃を受けました。そのとき、澁澤はどんなに強く深い衝撃を受けたか……。わたしには計り知れないまでした。しかし澁澤は、「さ、『高丘親王航海記』を完成させなくては。明日資料と原稿用紙を持って来て」と紙片に書きつけ、持って来るべき書名と本のあり場所を示す地図を描き始めました。そう、地図を描いてもらわなくては、たくさんの本のなかから、彼の欲しい本を探し出すことがわたしにはできないからでした。彼は丁寧に地図を描きました。

そしてまた、「延命のための無駄なこと、絶対しないように、そのとき、龍子がはっきり言うんだよ」と、弱々しい、かすれた息のような声で言われました。そしてメモにはっきりと書きとめました。その息のような言葉を聞いた途端、涙がどっとあふれ、「うん、わかった」と答えるのがやっとでした。その後、彼の死まで、わたしたちはその話にふれることがありませんでした。そう約束したことが重く、今も深く、わたしの心に刻まれています。

放射線の治療が始まり、病院生活にも慣れてきますと、北鎌倉の書斎を移したようにベッドの周りに本を積み上げ、短い原稿を書き、朝日新聞黛哲郎さんの筆談でのインタビューを受け、お見舞客と筆談、談笑したり……家にいるのと変わらないような日々がつづきました。澁澤は、声を失った不便を少しも感じさせないほどの速さで、紙にどんどん話したいこと、必要なことを書いていきました。「普通の人は思ったことをパッとまとめて、どんどん書いていくことができなくて、それがすごいストレスになってしまうのですよ」と担当医がおっしゃっていました。精神的な面では、わたしは彼が病人であることを忘れるほどで、病人を看護するために病院に通うという印象は薄く、東京の彼の仕事場に毎日通って行くのだと思っていました。

ある日のこと、病室に入っていった途端、「ね、何が一番ひどい病気か考えたんだけど、やっぱり癌だよ」と書いた紙片をわたしに渡しました。わたしは咄嗟でしたのでうまく答えられず、「もっと大変な難病だってあるはずだし、心臓の病気も苦しいんじゃない？」と言いつつ、頭のなかで必死になって、ひどい病気を次々と考えました。でも、癌よりひどい病気を思いつくことはできませんでした。

彼の死から一年も経たないうちに、わたし自身も同じ慈恵医大で、大動脈弁狭窄症と診断され、心臓の手術を受けました。医師に恵まれたせいもありますが、心臓手術と言われたときも、流感ぐらいにしか感じられず、澁澤の癌の病名を聞かされたときのほうが、ずっとずっと激しく重いものでした。やはり、彼の言ったように、現代では癌がもっとも怖く、ひどい病気なのかもしれません。

澁澤は十一月十一日に十数時間に及ぶ手術を受け、十二月二十四日に退院の許可が出て、北鎌倉の書斎に戻ることができました。年末で車が混んでいて時間がかかりましたが、久しぶりの車窓からの風景を楽しみ、車に乗っていること自体が喜びであるようでした。

彼はすぐに本の整理を始め、『高丘親王航海記』の第六章「真珠」の執筆に入りました。「文學界」に完成した原稿を渡し、無理をしたためか体調を崩し、下痢がひどく脱水状態に近くなったので、一月三十一日から二月六日まで鎌倉の佐藤病院に入院。そのおり「カルテを覗いたら〝ＯＰＩＵＭ〟（阿片）って書いてあった。俺、阿片やっちゃったよ」と、さも嬉しそうに話すのです。どんなときでも好奇心旺盛だったのですね。

二月十日に再度、慈恵医大の内科に入院。その入院中は比較的元気で、「都心ノ病院ニテ幻覚ヲ見タルコト」を書き、次の作品の構想を練っておりました。そして、三月五日から八日まで外泊許可をいただき、家に帰って、「國文學」の「澁澤龍彦特集」のため、池内紀さんの筆談によるインタビューを受けたりしていました。その年は雪の多い年でしたが七日の当日も大雪で、池内さんは雪だるまのようになってお帰りになったそうです。

入院中は、書斎に置いてあったカレンダーを持ち込み、見舞客や放射線の治療回数、洗髪など、細ごまと書き込んでいましたが、やはり死というものが気になったのか、たとえば一九八六年十月のカレンダーに、十二日鮎川信夫死、十五日安田武死というように書いてありました。そして、八七年二月五日磯田光一死、とありますが、磯田さんの訃報にはほんとうに衝撃を受けていました。入院中に書いた次のような文章があります。

この私の文章、さきごろ亡くなった磯田光一にぜひ読んでもらいたかった。ぜひ読ませたかった。磯田は私のこういう種類の文章をつねづねもっとも好んで読んでくれた批評家だったからである。磯田が死んで私は百万の読者を失ったような気がしている。（「穴ノアル肉体ノコト」）

わたしの知っている限り、澁澤は他人の死に二度涙を流したことがありました。一度は三島由紀夫さん、もう一度は土方巽さんでした。

しかし澁澤自身は前々から闘病記なんてまっぴらと言ってましたし、他人の同情を買うような苦しみやもがきなど、絶対に見せたくなかったでしょう。

ある日、小学校時代の友人の武井宏さんがお見舞いに来てくださいました。小さいころの澁澤は、きゃしゃで色白、いかにも育ちのよさそうな坊っちゃんタイプの子どもで、その彼が喉に穴をあけ、癌と闘っている。武井さんは澁澤の境遇を気の毒がって、「たっちゃん（澁澤の子ども時代の愛称）本当にかわいそうだ」と繰り返し嘆いて泣かんばかりでした。後日武井さんにこう手紙を出しました。

先日は　病院へお立ち寄りくださって　どうもありがとうございました
貴兄のお話を聞いているのは楽しい一時です
また　新聞の切り抜きお送りくださって　わざわざありがとうございます　貴兄のお手紙には　私をいたわってくださるお言葉がいっぱいで　嬉しいことですが私自身は自分の病気に　それほど深刻な打撃を受けてはいず　自分を不幸だとか不運だとか思ってはいません　むしろ自分の人生は恵まれた人生であると　今でも思っていますし　病気のおかげで生きていることの有難さを痛切に感じるようになりました　充実した日々を送っていますから　その点はどうかご安心ください
別便にて　國文學という雑誌の特集号をお送りします　あんまりおもしろくありませんが　まァ記念に　お納めください
六月二十日

体調が回復し、三月十四日に退院しました。

四月八日には、自宅に出口裕弘夫妻、種村季弘夫妻、巖谷國士夫妻、堀内誠一夫妻をお招きし、巖谷さんのフランスみやげのシャンパンで乾杯、お花見をしたり、お酒もなめるように口にふくみ、わずかながら生活を楽しむこともできるようになりました。しかしそのときも首から肩がはれて首がまわりませんでした。

そして、『高丘親王航海記』の最終回「頻伽」を執筆したわけですが、今考えると、よくも書き上げることができたと思います。起き上がることもできないほど弱っているので、わたしは何度も「文學界」にお断りの電話をしようと思ったのですが、彼は机にかじり付くようにして書きつづけました。それだけに、四月二十日の深夜、「できたよ」と彼が言ったときには嬉しくて、思わず抱きついてしまったほどです。でもわたしは、これが最後なのだとも感じました。

五月二日、慈恵医大耳鼻咽喉科に再入院して、再び生きて帰ることはありませんでした。

驚く医師に、「先生が青くなっちゃ困りますよ」と澁澤が忠告するほど、再発は早かったのです。それからは、放射線治療が繰り返され、絶望的な状況がつづきましたが、澁澤はふだんと変わることなく執筆し、装幀を考え、次の作品『玉虫物語』のため、資料を読んでおりました。

二度目の手術は七月十五日。この手術は、耳鼻咽喉科の医師だけではなく、心臓外科の医師も待機するほどの大手術で、手術の説明を受けるときも、大勢の医師たちが真剣に担当医の話を聞いておりました。聞き終わった澁澤が、「これでぼくの自慢話がもう一つ増えました」と紙に書いて担当医に渡すと、それまでコチコチだったその場の空気が、ふっとやわらかくなったようでした。

しかし、動脈から癌をはがせず手術は失敗に終わり、六時間ほどでオペが終わって、すぐ病室にもどって来ました。大手術で長時間かかるはずでしたから、こんなに早いのはやはりダメだったんだ、と息がつまるような気持ちでした。すぐ意識をとりもどした澁澤が、「今何時?」と聞きましたので、（このころになると口の形で、はっきり声にならなくても、簡単な言葉はわかりました）「二時半よ」と答えますと、ひどく落胆したように、「そうか」と一言。このとき、自分の死を間近なものとして考えているのを感じ、なんだか彼が遠くへ行ってしまったような気がしました。

再入院中は何度か週末家に帰って、日曜日の夜病院に戻ることがありました。あるとき、病院に帰る車の中で、バックミラー越しに後ろの席に座っている彼を見ると、ちょっと様子が変だったので、「どうしたの? 大丈夫」と聞いたのですが、「うん、何でもないよ」とすぐ返事が返ってきましたが、ふっと涙ぐんでいたようでした。一年間の闘病生活で、涙ぐむなんていうことはなかったので、一瞬ドキドキして、ただひたすら前を見てハンドルを握っていました。

病院に送ると、そのまますぐわたしは鎌倉に戻るのですが、別れぎわに、病室に残る彼のほんとうに悲しそうな顔。そんな悲しさを振り払うように、深夜のハイウェイを飛ばしました。

そして、一九八七年八月五日午後三時三十五分、ベッドで読書中に頸動脈瘤が破裂。真珠のような大粒の涙が一つ、左目からこぼれて――一瞬の死でした。

あの日のことは、すべてが判然としているようで、そしてまたすべてが夢の中のような、空中を歩いているような感じが今もしています。

それでも夢中で出口裕弘さんや種村季弘さんにご連絡したと思います。すぐにお二人とも奥様とご一緒に、旅行中の巖谷國士さんにかわり奥様のさゆりさんが来てくださり、報せを聞き駆けつけてくださった金子國義さん、四谷シモンさんがいっしょに車に乗ってくださり、出版社の方々に助けられ、お世話になった医師、看護師の皆さまのお見送りを受け、慈恵医科大学病院から、北鎌倉の家へ帰って来ました。

車中、シモンが澁澤から教わったという戦前の歌謡曲でしょうか、「蛇の目の影で泣いたとさ、つばめが覗いて行ったとさ、あきらめしゃんせの五月雨が、濡れて待つ身に降りかかる、ああ降りかかる」と、ずっと子守唄のように歌ってくれました。

家には先に来てくださった池田満寿夫、佐藤陽子、野中ユリさんたちがおられ、わたしたちを出迎えてくださり、澁澤が愛したモリニエ、スワーンベリ、ベルメール、フィニー、ゾンネンシュターン、フックス、ミロ、その他親しい画家たちの絵画、飾り棚のオブジェに囲まれた応接間に、彼は静かに横たえられました。その夜、地をつき刺す稲妻と激しい雷鳴があり、それは龍が地響きをたて暗黒の夜を真二つに割って天にのぼって行くように思われ、眠れぬままにすさまじい閃光を見つづけていました。

種村季弘さんも出棺の辞で言われたように、生前澁澤は、ヴェスヴィオス火山爆発を観察中に火山弾に当たり倒れた大博物学者プリニウスの死を、理想の死と申しておりました。ですから、自身の肉体の爆発で一瞬に倒れた澁澤は、理想の死を遂げたといえるでしょう。しかし、理想の死というものがあるのでしょうか。

「首吊り自殺ができない」

喉の腫瘍摘出後、左右の鎖骨のあいだに、ぽかりとあいた穴で呼吸するようになった澁澤が、メモ用紙に書きつけた言葉です。約一年間の入院生活中、声を失った彼との会話はすべて筆談、それはショッピングバッグいっぱいにもなり、そっと洋服ダンスの奥深くにしまってあります。

澁澤が逝って七年ほど経ったころ、当時と少しも変わらない応接間や書斎で、全集や単行本、雑誌の特集などの相談にいらっしゃる編集者の方々と、いつもは彼について文学史上の一作家として、客観的に話しあい、その死も遠い昔のように思えていたものでした。ところがある日、この筆談メモを久しぶりに目にしたとたん、下咽頭癌と闘っていたわたしの夫、龍彦に戻ってしまいました。懐かしい丸っこい字で書かれたすべてが、作品ではなく、彼の肉声そのものなのですから……。ちょっと高音でかすれた声になって、聴こえてきてしまうのです。これらのメモを読んでいけば、入院から死に至るまでの、彼の心の軌跡をたどることができるでしょう。しかし今でも読みつづけられません。永遠に封印します。

冒頭の言葉は、彼自身エッセイにも書いていますし、池内紀さんとの対談では絵入りで説明もしています。科学的には首吊りすれば血液が脳に行かないので死んでしまいますが、冗談好きの彼ですから明るく、得意になってお友達に話していました。

喉の穴から水が入ったら、すぐ溺れて死んじゃうからと、お風呂に入るときは気をつけて、わたしが見張るようにもしていました。肩までもぐれないので、お湯にひたしたタオルで温めてあげましたが、温泉に出かけて、ザブンとお湯に飛び込む快楽は、永久に失われてしまったわけです。

もともと喜びや感謝の言葉など率直に口に出す人で、「入院してても嬉しいことはあるよ。それは龍子が来たとき」。実際彼の入院中は毎日、鎌倉から一度も休むことなく通い続けました。お見舞いにみえた石井恭二さんに「一回も休んだことないんだよ」と自慢げに話したこともありました。また「その洋服とってもかわいいよ」なんてよく誉めてくれましたし……。

亡くなる前の日、彼は点滴の器具をがらがらと引きずってエレベーターのところまでわたしを送りに来て、いつもなら「じゃあね」という調子で別れるのですが、その日は「いつもほんとうにありがとう」と改めて言ったのです。最近、種村さんの奥様の薫さんから聞いたのですが、入院中、憎まれ口しかきかなかった種村さんが、やはり亡くなる前に、「いろいろおまえには世話になったな、ありがとう」と言ったので、薫さんは思わず「いえ、こちらこそお世話になりました」と答えてしまったそうです。薫さんによると、そういうことを言う病人はもう危ないらしいのです。それを聞いて、十八年前の澁澤の言葉を改めて思い出しました。

全集刊行と没後の日々

「澁澤さんの仕事を残すことが、僕の一生の仕事になってもいいです」と巖谷國士さんがおっしゃったのは、一九八七年の初秋、東欧からイタリアをまわる三か月の旅から帰られ、北鎌倉のわが家へお焼香にいらしたときのことでした。八月五日、澁澤が亡くなった日、巖谷さんはアドリア海沿いの古い城郭都市、ドゥブロヴニクに滞在中で、九日になって、東京にいる奥様からの電話で知らされたそうです。「毎日コールしてもつながらなかったらしいです」と、雑音の入った遠い遠い国からの懐かしい電話の声に、ただただ泣いてしまい、何を話したのか今はまったく覚えておりません。

それから八年後に、『澁澤龍彥全集』（全二十二巻、別巻二　河出書房新社）が完結し、その後さらに翻訳全集も出揃って、三十年あまりにわたる仕事は、全四十巻の全集となって残されました。

これだけの巻数が、毎月滞りなく刊行されたのは稀有のことのようです。しかも別巻では、芝居や展覧会のパンフレットに書いた、たった一枚の文章からインタビューで語った言葉を拾い上げて、彼の肉声をも収録したりなど、ほとんど完璧な全集になっているのですから。これはひとえに冒頭の巖谷さんに象徴されるような、全集にかかわった方々の、澁澤への深い愛だと思われ、澁澤自身満足しているに違いなく、皆さまには感謝するばかりです。

一九八六年、声を失っていた澁澤が、お見舞いにみえた河出書房の編集者の方に、「僕が死んだら大全集を出して下さい」と傍点つきで紙に書いたのが始まりでした。具体的な相談は、八八年四月から始まり、生前から公私にわたり親しい出口裕弘、松山俊太郎、種村季弘、巖谷國士さんに編集委員をお願いし、担当編集者は、ずっと澁澤の本を作ってくださっていた内藤憲吾さん。

出口さんは、浦和高校時代からの親友で、今さらわたしが申し上げるまでもなく、澁澤については青春時代からの交友をつづったエッセイや評論集を出されていますし、彼亡き後も公私にわたり奥様の紀子さんともどもお世話になっております。お電話をすると、大きな声で話すわたしに、必ず「キミは元気だね」とおっしゃいますが、「どうぞ出口さん元気で長生きしてください」とわたしからのお願いです。

松山、種村さんについては前にもご紹介しましたが、巖谷さんはただ一人、十五歳ほど年下の若い友人です。自分のあとを継いでくれる人、という考えが澁澤にはあったようで、「文藝春秋」に連載していた『裸婦の中の裸婦』を三回残して手術となってしまったとき、後を巖谷さんにお願いしたこともありました。

澁澤亡き後も、さゆり夫人、四谷シモンさんといっしょに冬の東北を訪ねたり、夏には軽井沢の別荘におじゃまし、温泉に行ったりと親しくお付き合いしております。今では、くいしんぼうのさゆりさんとわたし二人で食べ歩きをしては「ぼくも行きたかったのに……」と巖谷さんを残念がらせています。

一九八八年の五月にわたしが心臓弁膜症の手術をすることになると、病室に内藤さんが出版契約書を持っていらして、手術の前に契約をしましょうとのこと。「ちょっとちょっと、わたしが手術で死ぬかもと思っているんじゃないの」と憎まれ口をたたきながら契約をすまし、内藤さんも安心されたようでした。

一九九〇年の一年間は、わが家の玄関横に場違いな感じのコピー機が置かれ、内藤さんと川島達之さんが一か月に二、三回、暑い日も寒い日も書庫と書斎にもぐって、本や雑誌を整理し、未収録、未発表原稿の発掘に大捜査をいたしました。幸い澁澤は、書いたものはすべて自分でとっておく人でしたので、書斎の仕事机の後ろの小戸棚から「三田文学」と印刷された封筒に入った「サド侯爵の幻想」という生原稿が出てきたりしました。「よくとってあるよな」「へーこんなものが出て来た」など、思いがけない発見に歓声をあげながら作業をしました。と申しましてもわたしはもっぱら食事係で、いつも七時には終えて、ビールやワインでごはん、盛り上がって終電車であわてて帰るお二人でした。

それから全集の編集委員の方々の奮闘がありました。特に巖谷さんは、ご自分の研究、執筆活動をすべて犠牲にされ、ほとんど全集にかかりきり、解題や年譜を含めて澁澤について書かれた原稿が三千枚という驚異的な数字となったようです。また、松山さんは、『高丘親王航海記』や『ねむり姫』などの解題を書くにあたり、四百枚あまりの力作になってしまうところを、何とか百枚に収めるというご苦心をされたようです。そして装幀は、あの三分面談と噂される超多忙の菊地信義さん。その菊地さんが何日もかかって練り上げてくださったそうで、濃いグリーンに近い黒の楕円形のなかに、金文字をあしらった背表紙のモダーンでクラシックな美しい本になりました。

ツボはおさえて後はアバウトな内藤さんを、女性らしい細やかな気配りでしっかり支えてくださった編集の西村久仁子さん。どなたを欠いてもこの全集はできなかったでしょう。そういえば、河出書房の社長さんが「成功したらお前の銅像を建ててやる」とおっしゃったそうですが、山登りが好きで、前かがみがちな内藤さんの銅像が、もうどこかに建っているのでしょうか。

全集の完結した一九九五年六月に、「澁澤龍彦画廊展」が銀座日動画廊で開催されました。彼が愛し、また彼を愛する芸術家たちの故人へのオマージュをこめた企画で、美術評論家の米倉守さんがプロデュースし、高橋睦郎さんがアドバイザーでした。最初お話をうかがったとき、澁澤龍彦の名などつけなくてもいいのではと思いました。けれども停滞している美術界を揺るがすようなインパクトを与え、ただのオマージュではなく、澁澤とともに生き、成長していくような展覧会にしたいとおっしゃる米倉さんの熱意に、お祭り好きのところもあった彼ですから、みこしに乗って案外楽しむのではないかしらとお受けしたわけです。

油彩、版画、立体、写真など二十七人の方々が参加され、いったいどんな作品に出会えるかしらと、ワクワク、ドキドキしながら初日を迎えました。

「ワァー、イイナー」

澁澤の心が生きているような素晴らしい作品が集まり、やはり彼の周りには、魔法のようにいいものが集まってしまうのだ、と一人納得させられました。フランス装の美しいカタログには、出品者の一人一人が紹介されています。それに何よりもオープニングパーティーには、日動画廊始まって以来と言われるほど大勢の方々がいらしてくださり、あの広い画廊にも入りきれず、道路にはみだしてしまうという、申し訳ないやら、嬉しいやらの夜になりました。

なお『澁澤龍彦翻訳全集』は一九九八年に完結し、内藤さんが退社され、安島真一さんと西村久仁子さんが担当編集者でした。

ここで、澁澤の著作の流れをわたしなりに要約してみましょう。はじめて澁澤龍彦の名を用いたのは、一九五四年、二十六歳のときに刊行したコクトー『大股びらき』の翻訳でした。それからサド選集の翻訳があり、『悪徳の栄え』が一九六〇年代のほぼ十年にわたった「サド裁判」を引き起こすことになりました。一九六四年、三十六歳のときの美術論集『夢の宇宙誌』によって、澁澤独自のスタイルが確立されたようです。澁澤自身こう言っています。

六〇年代に刊行した十数冊の著書のなかで、私のいちばん気に入っているのが『夢の宇宙誌』である。この作品によって、私は自分なりにエッセーを書くスタイルを発見したのだった。(『夢の宇宙誌』文庫版あとがき　河出書房新社)

一九七〇年は、澁澤にとって節目となる二つの出来事がありました。最初のヨーロッパ旅行に出かけ、帰国早々、三島さんの衝撃的な死に出会ったことです。

一九七七年に出た評論集『思考の紋章学』が、後期の傾向の表われた第一作となったようです。エッセイでありながら、日本に材をとった物語の色合いが増しています。二年後の『唐草物語』によって、それは開花したといえるでしょう。遺作となった『高丘親王航海記』は、澁澤のすべてを包みこんだ大輪の花のようです。亡くなる年に書かれた「新編ビブリオテカ澁澤龍彥」の内容見本に載せられた「サラマンドラのように」には――

このたびの『新編ビブリオテカ』で、とくに私が見ていただきたいと思うのは、これまで博物誌と回想記の二方向に枝分かれしていたかに見えた私の文業が、やがて徐々にロマネスク一本の方向をめざして突っぱしりはじめたということだ。『玩物草紙』『狐のだんぶくろ』などはまだ回想記ふうだが、『ドラコニア奇譚集』『唐草物語』になると、エッセー的小説あるいは小説的エッセーといった主調をいちじるしく強めてゆく。

世間では私を変らない人間と見ているらしいが、じつは私はサラマンドラのようにたえず変っている人間なのである。『新編ビブリオテカ』の編成を見ていただければ、そのことがよくお分りになると思う。

あと十年たって、さらに新しいビブリオテカが編まれるようになれば、望外のしあわせというべきだろうが、そんなに長く生きていられるかどうかは分らない。せめて呪文をとなえて、わが病身を叱咤しておこう。サラマンドラよ、燃えよ！

澁澤は今、鎌倉五山第四位臨済宗浄智寺に眠っております。浄智寺の山門から振り返れば、薄いペパーミントグリーンの南京下見のわが家が望めます。

春には爛漫の桜が墓地周辺を囲み、五月八日の彼の誕生日には白雲木の白い花が咲き乱れます。夏、蟬しぐれのなか、百日紅の燃える紅が、庫裏の藁葺き屋根を染め、秋には山門の紅葉が澄んだ逆光に照らされ、極楽浄土を思わせるでしょう。そして冬、周辺の小さな山々の枯葉が落ちて、よく晴れた日には、浄智寺への細い道は午後の陽光をうけて杉木立のなかから白く浮かび上がります。

今では毎日のようにお墓を訪ねることはありませんが、お施餓鬼などのお寺の行事、命日、お彼岸や彼のお誕生日、お正月、お盆などのお墓参りと、墓守としての仕事はきっちりやっております。毎年お盆に供えるお花は赤いホオズキ。これは彼の好きだった「ばさら」大名、佐々木道誉のお墓のある清滝寺を訪ねたとき、一族の墓一つ一つにホオズキが供えられていた風景にすっかり感動したからです。道誉のお墓に手をふれている彼の写真を何枚も撮りました。

彼はそのときのことを次のように書いています。

かねてから「ばさら」のチャンピオン佐々木道誉に大いに関心があったので、私は去年の夏と秋、二回にわたって、近江の佐々木道誉ゆかりの地をたずねてきた。

新幹線を米原駅で下車して、タクシーを東へはしらせると伊吹山南麓の柏原《かしわばら》に徳源院があり、ここに京極家（佐々木家の支流で、道誉はその五代目にあたる）十八代の墓がある。徳源院は、土地ではむしろ清滝寺のほうが通りがよいようであった。あたかも晩夏で、真赤に色づいた美しいホオズキが、ずらりとならんだ威風堂々たる宝篋印塔の一つ一つに供えてあったのが、私にはひどく印象的だった。右から四つ目の道誉の墓に、私は手をふれてきた。

道誉の墓はもう一つある。米原駅から南へタクシーをはしらせると、有名な多賀大社に近い甲良の町に勝楽寺という寺があり、そこに兵火のため塔身の一部の欠損した、なにやら道誉にふさわしい奇怪な風貌を見せた宝篋印塔、宝篋印塔というよりはむしろ、ごろりとした丸い石を無雑作に積み重ねたような墓がある。苔だらけのこの墓も、私にはたいそう気に入った。

しずかな徳源院の庭には、寛文年間に再建されたという瀟洒な三重塔と向い合って、道誉桜と呼ばれる大きな枝だれ桜がひっそりと立っていた。花の咲く季節に行ったことはないが、さぞや見事なものであろうと想像される枝ぶりであった。

（「『ばさら』と『ばさら』大名」『華やかな食物誌』）

没後三年目の祥月命日にあたる一九九〇年八月五日、わたしはひとり静かに薔薇の花でお墓を飾り、お参りをするつもりでした。三回忌は前年に済んでいたからです。お墓のあるお寺は山ですので、夏は蚊が多く、家からすぐ近くということもあって、モンペにTシャツという格好で出かけました。お墓に着いて驚きました。すでに、鉄砲百合、カサブランカ、薔薇、蘭、トルコキキョウ、クレマチスなどの花で埋まっているではありませんか。ウィスキーやビール、龍のオブジェ、貝殻やらガラス玉、指輪からブレスレットに至るまで所狭しと並べられ、お賽銭もしっかり上がっていました。お花を水に入れようと、お寺の手桶を借り、さてどうやって活けようかと思っているあいだに、若い女性読者の皆さんが現われて手伝ってくれました。そのうちに、赤い薔薇を一輪ずつ持った若いカップルやら、黒のスーツに真珠のネックレス、わがモンペスタイルが恥ずかしくなるような麗人も現われたり。聞けば東京、横浜はもちろんのこと、群馬や浜松、はてはオートバイで弘前から来てくれた男の子もいました。ほんとうに皆さまありがとう。わたしはただ頭を下げるだけでした。

いつも澁澤のお墓には供物の絶えることがありません。家のほうにもいろいろな読者の方がみえました。家が一般公開されたと聞きましたので、見学させてくださいとか（公開されてはおりません）、写真を撮らせてくださいとか、起きたてで髪もモジャモジャのまま新聞をとりに出たわたしとばったり会って、お互いにあわてて隠れたりということもありました。澁澤の死を悼み、悲しみをメンメンと綴った手紙を送ってくださる読者、写真集の出版を問いあわせてくる方もいらっしゃいました。

没後十年のあいだに、全集を別にしても、いろいろな雑誌の追悼特集に始まって、『高丘親王航海記』（文藝春秋）、『都心ノ病院ニテ幻覚ヲ見タルコト』（立風書房）、などの単行本や三十五冊の文庫本、そのほか東京、福岡、札幌、金沢などでの展覧会と、彼は文学者として休むことなく死後を生きつづけ、わたしはその彼をずっと支えてきたという思いがします。

作家は亡くなると八割は作品も読まれなくなると聞いておりましたので、こんな大全集が刊行され、文庫本が何十万部も出るなどとは夢にも思いませんでしたが、本人は確信していたようです。あるとき、「あなたとわたしは歳が一回りも違うのよ、お互い平均寿命を生きたとしたって、二十年も未亡人生活を送らなきゃならないわ。あなたはいつだって『オマエはバカだからなんにもしなくていい、白痴ならもっといいのに、存在するだけでいいんだ』と言ってるじゃない、生命保険も入ってくれなくて、いったい龍子の生活はどうなるのよ」と、もちろんまだ元気なころ、生命保険なんて大嫌いという彼に詰めよったのですが、「オレが死んでも本はぜったい売れる。そんなこと心配しなくてもオマエは一生安楽に暮らせるよ」と。彼は五十代という若さで死んでしまったのですから、わたしは茫々たる未亡人生活を送らねばならないはずですが、安楽かどうかはわかりませんが、これまでの歳月が一瞬のようにも夢のようにも過ぎてしまったように思えます。

没後三年目の一九九〇年五月から七月にかけて、東京八重洲ブックセンターと鎌倉文学館で、回顧展が催されました。また、松山俊太郎さんの鎌倉公民館での講演「澁澤龍彦の世界と精神」は大変面白く、満員の盛況でした。

一九九四年には、東京、福岡、札幌、金沢などで「澁澤龍彦展」が開催されました。展覧会とは面白いものです。澁澤が二十年以上にもわたって毎日使っていた机やその上に置かれた辞書、小学校のころから愛用した三角定規など、今もわたしがそのときのまま使っている書斎が会場に再現されているのですが、そこに入ると一瞬不思議な国《ワンダーランド》に迷い込んだような、ノスタルジックな夢を見ているような感覚を味わいました。そして会場の壁いっぱいの、美しい装幀の表紙を見せて並んでいる百冊の著書を前に、一人の人間が五十九年の生涯にこれだけの作品を残したことに、驚きと感動を覚えたのでした。

東京では会期が終わりに近づくと、入場者の長い列ができ、係りの方が汗だくで整理をしていらっしゃいました。わたしは来場の方々にただただ「ありがとうございます」と頭を下げるばかりでしたが、一方では澁澤が、わたしの手に負えない怪物にどんどん育っていってしまうような気がして、怖いような、淋しいような気持ちにもなりました。

わたしのいちばん好きな澁澤の作品を選ぶなら、フローラの宝石箱のような中島かほるさんの装幀も美しい『フローラ逍遥』（平凡社）でしょう。とくに悲しいことが書いてあるわけではないのですが、読んでいると涙が出てくるような作品です。短いものですが、澁澤のそれまでの蓄積から、蒸留水のようなもっともきれいなものだけが滴りおちて形になった、そんな透明感のある文章がとても好きなのです。彼の生前に出た最後の本という事情もあるのかもしれません。

亡くなってから単行本になった『高丘親王航海記』（文藝春秋）は、菊地信義さんの装幀も幻想的ですばらしく、読売文学賞もいただいた澁澤の代表作で、わたしも大好きな作品ですが、幻想・綺譚でありながら、あまりにも彼自身が死して天竺に向かう高丘親王と一体となっていて、今でも読むのがつらいのです。

遠くなってしまった十八年間の結婚生活ですが、今思ってもなんて幸せだったのかしらと、体のなかから暖かいものが湧き出てきます。

降り注ぐような愛で、生涯わたしを抱きしめてくれた人。

わたしの思う理想の結婚をプレゼントしてくれた人。

ですから亡くなったことは悲しいし、寂しいことですが、今でもずっとわたしは幸せです。

あとがき

今年は澁澤が亡くなって十八年目、結婚生活と同じだけ時が流れました。彼のいない茫々たる残りの人生をどうやって……と、そのときは考えましたが、生き方など思いわずらうひまもなく、あっという間に過ぎてしまったように思います。

毎日が飛ぶように過ぎてしまったのですが、その間、澁澤が生前望んでいたとおり、翻訳作品も合わせて四十巻という大全集を完結できましたし、ほとんどの作品が単行本、文庫本で刊行され、東京、九州、北海道、金沢などで展覧会も開かれました。そして長年の懸案だった蔵書目録も、家でのデータ整理が終わり、来年には国書刊行会から出版される予定です。

一九九一年には、全集の月報インタビューにも応えていた義母が八十五歳で亡くなりました。鎌倉彫の先生として現役のまま、一日臥せっただけでみごとに生涯を閉じました。しっかりと自我をもった、自立した人で、私も嫁というよりは、対等な女性同士のように付き合ってきました。私のことは誉めこそすれ、間違っても悪口を言って歩くような人ではなかったのに、こちらはといえば、日々言いたいことを言い、好きなようにやっていましたから、義母はたいへんだったかもしれません。いま思えば、もっと優しく、かわいらしいお嫁チャンでいてあげればよかったかなとも思います。

義母の遺してくれた鎌倉彫は、お正月用の南天模様のお重箱から、お茶托、菓子入れ、そして私の宝石箱にいたるまで、毎日使っています。なかでも最高傑作は小さな御仏壇。澁澤と両親の位牌が入っていますが、いつか平成の重要文化財になるかもしれないようなすばらしい作品です。毎年お盆には、その御仏壇の前に幸子、道子、萬知子の義妹たちと、その家族などが集まって、浄智寺の御住職にお経をあげていただいております。またお正月三日にはみんなで、今年も元気で楽しい一年でありますようにと、私の手料理で新年を祝います。

もともと澁澤との暮らしを本にするつもりなどまったくなく、彼も私がものを書くことを好みませんでしたので、今までいろいろお話がありましたが、ありがたく思いつつお断りしておりました。それに私たち二人には、読んでいただけるような葛藤もなく、スキャンダラスなこともありませんでしたから……。けれども昨年、白水社の和気さんから「僕だってもうすぐ定年、生前の澁澤さんを知っている編集者もどんどんいなくなります。ぜひここで一冊まとめておきましょう」と熱心に勧められ、やはり当時白水社にいらして『新編ビブリオテカ』を編んでくださった鶴ヶ谷さんとお二人に具体的な提案をしていただき、何度もお会いするうちに、やってみようかな、という気になったのです。そして澁澤龍彥と十八年間、三百六十五日、二十四時間一緒にいた者の記録として、また彼を愛し、支えてくださった皆さまへの感謝の気持ちを伝えたく、筆をとることにしました。

彼の発病から死、そしてその後の十八年間、ほんとうに多くの方々の助けをいただいて生きてまいりました。毎日病院に通う私に代わって、澁澤がおいしく食べられるスープやゼリーを研究して作ってくれたり、彼がとても気に入ったローゼのクッキーを見つけてくれたり、ときにはそのご主人たちをも巻き込んで支えてくれた友人たちや、くいしんぼうの私のためにも特別のお弁当を届けて励ましてくださった方々など、思い出せばきりがなく、感謝するばかりです。

それにしても、彼の没後、優しいお心遣いでずっと支えてくださった池田満寿夫さんや種村季弘さんが、もうこの世にいらっしゃらないことに愕然とし、時の過ぎゆく寂しさを感じております。

この本を出版するにあたって、手のかかる私に我慢強くお付き合いくださり、なんとかかたちにしてくださった和気元さん、鶴ヶ谷真一さんに深くお礼申し上げます。

また、澁澤龍彥の晩年から現在にいたるまで、ほとんどの作品を装幀していただき、今回は私のつたない文章を美しい装いで世に出してくださった菊地信義さんに感謝申し上げます。

そのほかいろいろアドヴァイスしてくださった方々、澁澤を愛し、支えてくださった読者の皆さま、ほんとうにありがとうございます。

そして、なによりも彼に。

二〇〇五年三月

澁澤龍子

澁澤龍彦との日々

二〇〇五年四月三〇日　第一刷発行
二〇〇五年七月一五日　第四刷発行

著　者 © 澁《しぶ》　澤《さわ》　龍《りゅう》　子《こ》
発行者　川　村　雅　之
印刷所　株式会社　三　秀　舎
発行所　株式会社　白　水　社
東京都千代田区神田小川町三の二四
電話　営業部〇三(三二九一)七八一一
　　　編集部〇三(三二九一)七八二一
振替　〇〇一九〇―五―三三二二八
　　　郵便番号一〇一―〇〇五二
http://www.hakusuisha.co.jp
乱丁・落丁本は、送料小社負担にて
お取り替えいたします。

松岳社（株）青木製本所

ISBN4-560-02777-3